화산전생

정준 신무협 장편소설

ORIENTAL FANTASY STORY & ADVENTURE

dream
books
드림북스

화산전생 6

초판 1쇄 인쇄 2017년 10월 17일
초판 2쇄 발행 2018년 7월 20일

지은이 정준
발행인 오영배
기획 박성인
책임편집 이대용
표지 일러스트 eunae
디자인 권지연
제작 조하늬

펴낸곳 (주)삼양출판사 · 드림북스
주소 서울시 강북구 도봉로 173
대표 전화 02-980-2112 팩스 02-983-0660
편집부 전화 02-980-2116 팩스 02-983-8201
블로그 blog.naver.com/dreambookss
출판등록 1999년 3월 11일 제9-00046호

ⓒ 정준, 2017

ISBN 979-11-283-9279-5 (04810) / 979-11-283-9192-7 (세트)

+ (주)삼양출판사 · 드림북스의 서면 허락 없이는 어떠한 형태나 수단으로도 이 책의 내용을 이용하지 못합니다.
+ 지은이와 협의하에 인지는 생략합니다. 잘못된 책은 구입한 곳에서 바꾸어 드립니다.
+ 이 도서의 국립중앙도서관 출판시도서목록(CIP)은 서지정보유통지원시스템홈페이지(http://seoji.nl.go.kr)와
  국가자료공동목록시스템(http://www.nl.go.kr/kolisnet)에서 이용하실 수 있습니다. (CIP제어번호: 2017026366)

드림북스는 (주)삼양출판사의 판타지 · 무협 문학 브랜드입니다.

화산전생

華山前生

6

정준 신무협 장편소설

ORIENTAL FANTASY STORY & ADVENTURE

dream
books
드림북스

목 차

第一章

흑도독종(黑道毒種)

청루주가 의아해하면서 되물었다.

"하오문의 정보라 하면……?"

"직설적으로 말하자면 나에게 도움을 줄 만한 사람을 찾고 있소. 하오문주라면 더더욱 좋지."

"으음."

청루주의 얼굴에 고민이 떠올랐다.

잠시간의 침묵이 이어지다가 청루주가 먼저 말문을 열었다.

"직접적인 연결은 힘드나, 그것이 가능한 사람은 알고 있사옵니다."

"잘됐군. 그렇다면 연결해 주시오."

"하나 무작정 만나게 해 드릴 수는 없사옵니다. 적어도 만나는 데 수긍할 만한 용건이 아니라면⋯⋯."

청루주의 말에 주서천이 고개를 한 차례 끄덕였다.

"좋소."

주서천은 미리 준비해 두었던 거짓말을 꺼냈다.

"실은 나는 유령곡 출신의 자객이었소."

"흡!"

청루주가 놀란 듯이 눈을 크게 뜨며 숨을 들이쉬었다.

무림에서 가장 비밀에 싸인 단체의 일원이라니!

놀라움도 놀라움이지만, 그들을 목격한 사람들은 전부 이승에 존재하지 않는다는 소문부터 떠올랐다.

청루주의 낯빛은 유례없을 정도로 창백하게 질렸고, 눈에는 공포감으로 얼룩졌다.

"그리 겁낼 것 없소. 어디까지나 '출신' 이었으니까."

주서천에게서 거짓말이 물 흐르듯이 흘러나왔다.

"나는 본래 유령이었으나, 실수로 곡의 교관을 살해하고 나왔소. 혹독한 수련으로 인해 쌓인 감정 탓이지. 그들로부터 숨기 위해 하오문주의 힘이 필요하오."

"으음!"

청루주가 두뇌를 회전하면서 주서천의 눈치를 봤다. 표

정을 읽기 힘들지만, 거짓말 같지는 않았다.

무엇보다 지금까지의 그 실적이 거짓말에 힘을 실어 줬다.

'무음사자!'

세간에 알려진 유령과 무음사자의 행적을 비교해 보니 소름 끼칠 정도로 잘 맞았다.

무음사자는 유령처럼 어떠한 소리, 아니 기척도 남기지 않은 채 사람을 죽인다고 하지 않았는가.

청루주는 무음사자를 두려운 눈길로 쳐다보다가, 말을 전해 주겠다면서 머리를 끄덕일 수밖에 없었다.

반나절을 기다리자 청루주가 한 남자를 데려왔다.

삼십 대 초반으로 보이는 남자였는데, 매서운 눈매와 그 안에 흐르는 독기가 무척이나 인상적이었다.

"소문으로만 듣던 무음사자인가. 만나서 영광이군. 강능초다."

"인독종(靭毒種)."

주서천이 인사 대신 별호를 읊었다.

"나를 아나?"

"청루에서 일하는데 모를 리가 있겠나."

청루와 홍루 모두 각각 뒤를 봐주는 자가 있고, 그중 한 명이 강능초다. 모를 리가 없다.

강호 전체에서 보면 미묘하지만, 정주 내에서만큼은 그 럭저럭 이름이 알려져 있다.

"청루주에게 그대의 사정을 들었다."

눈에는 경계가 가득하나 무서워하는 기색은 없었다.

"내 단도직입적으로 말하지. 하오문주는 그다지 믿을 만 한 사람이 아니다."

주서천은 아무 말도 하지 않고 가만히 있었다.

강능초가 계속해서 말을 잇는다.

"하오문주는 널 보호해 주기는커녕 유령곡에 연락을 취 해 네 신변을 넘겨 이득을 취할 인간이다."

"……."

"물론 생면부지의 사람, 그것도 흑도의 사람이 하는 말 이 얼마나 신빙성이 없는지는 안다."

"그걸 나에게 말해 주는 이유가 뭐지?"

"두 가지 이유가 있다."

강능초가 검지와 중지만 펴서 보여 줬다.

"하나, 유령의 힘이 필요하다."

강능초뿐만 아니라 유령의 힘을 손에 얻는다는 건 무척 매력적인 일이었다.

설사 무음사자가 유령이 아니어도 좋다. 중요한 건 그가 지닌 힘이었다.

"둘, 하오문주의 자리는 이제 곧 바뀔 테니까!"

강능초의 목소리와 눈에는 힘이 있었다. 자신감을 넘어 확신에 가까운 감정이 느껴졌다.

그 눈과 마주 보면 심연을 엿볼 수가 있었다. 아니, 심연이라고 말하기에는 애매하다.

독기가 흐르는 눈빛 속에는 당당히 욕망이 자리 잡고 있어 너무나도 노골적이었다.

더러우면서도 아이처럼 순진하게 비치기도 했다.

'이 정도면 됐다!'

주서천은 겉으로 내색하지 않았지만 속으로 쾌재를 부르며 웃었다.

하오문주가 누구인지, 그리고 어디에 자주 나타나는지 알고 있었다.

또한 그 수하들에 대해서도 대강 알았다.

다만 하오문주가 정주에 자주 방문한다는 것만 알 뿐 정확히 어디에 있는지는 알고 있지 않았다.

그러나 괜히 암천회의 천선성의 힘을 약화시키겠다며 지부를 습격했다간 도망치거나 숨을 가능성이 다분했다. 그렇게 되면 찾기가 정말 힘들어진다.

그렇지 않기 위해선 도망치지 않도록 주의하면서 앞에

나올 수밖에 없는 상황을 연출해야 한다.

'내부의 분란. 하오문주라고 절대적인 것은 아니니, 평소 그 힘을 노린 이들을 이용한다.'

그의 눈이 순간적으로 섬뜩하게 번들거렸다.

'천선성이 지닌 정보력은 곧 하오문이니, 그 근간이 흔들린다면 천선성 역시 가만히 숨거나 도망칠 수는 없지. 무엇보다 외부의 인물이 아니라, 내부의 인물이 일으킨 소란이라 하면 나에 대한 의심도 안 할 터.'

그래서 일부러 얼굴을 바꿔 하오문도가 됐고, 무음사자를 칭하면서 청루를 도왔다.

"과연, 날 이용할 생각인가."

주서천이 일부러 목소리를 낮게 깔았다.

강능초의 뒤편에서 기척이 느껴졌지만 무시했다. 아무래도 만약의 상황을 대비해 준비한 모양이었지만, 하오문 수준답게 그다지 대단하진 않았다.

"무림이란 그런 게 아니겠나. 서로의 이득을 취하기 위해서 이용하고, 이용당하는 관계지. 협의를 지킨다니 뭐니 하는 건 입에 발린 헛소리에 불과할 뿐!"

'이 정도나 되는 인물이 왜 알려지지 않은 거지?'

인독종, 강능초. 그 이름은 현생에서 처음 알았다.

만나 보니 생각보다 그릇이 큰 자였다. 당당하면서도 기개가 높은 데다가 강자 앞에서도 숙이지 않는다.

흑도의 인물치곤 보기 드물었다.

'아니, 그렇기에 알려지지 않은 건가. 천선인 하오문주에게 적의를 지녔다면 살아남았을 리 없지.'

아마 원래의 역사 역시 문주의 자리를 노리고 도전했을 터. 그 결과는 어떻게 됐을지 뻔하다.

꿀꺽!

뒤편에 멀찍이 대기하고 있던 청루주가 침을 삼켰다. 얼굴은 긴장감과 더불어 식은땀으로 범벅이었다.

만약 여기서 무음사자가 거절하게 된다면 강능초와 운명을 함께할 청루도 최대의 적을 만들게 된다.

그의 적이 된다고 생각하니 상상만으로도 끔찍했다.

청루주의 걱정은 다행히 우려로 끝났다.

"받아들이지."

휴우!

청루주가 안도하는 한숨 소리가 흘러나왔다.

반면 강능초는 반대로 무언가 마음에 안 드는 듯 미간을 좁힌 채로 떨떠름한 표정을 짓고 있었다.

설마하니 이렇게 간단히 받아들일 줄은 몰랐다는 얼굴이었다.

"스스로 설득한 주제에 의심하는 건가?"

"무림, 아니 세상이란 그다지 녹록하지 않은 법이니까."

피식하고 웃음을 흘리면서 자리에서 일어난다.

"굳이 이유를 붙여야 한다면 얼굴도 모르는 놈보다는 믿음이 간다는 정도일까."

"그것만으로 믿는 건가? 어쩌면 내가 거짓을 고해 하오문주를 믿지 못하도록 만드는 것일지도 모르는데?"

"믿다니, 이상한 소리를 하는군. 하오문도로서 생활한 지는 별로 되지 않았지만 이 밤거리의 법칙을 나름 잘 알고 있지. 누구도 믿을 만한 사람은 없다는 걸 말이야."

점소이라면서 객잔 앞까지 안내하려는 아이는 실은 길만 아는 거지일 뿐이고, 어두운 골목에서 도와 달라며 비명을 지르는 사람은 대부분이 미끼 역이다.

그 누구도 믿지 말라!

흑도에서는 예부터 내려오는 격언이었다.

＊　　＊　　＊

반월이 밤하늘에 떠올랐다. 구름이 껴 일부분만 보일 뿐, 전체는 보이지 않았다.

다른 때보다 어둡지만, 무서운 건 간간이 울리는 비명이다.

강능초는 하오문도 백여 명을 이끌고 홍루의 뒷배를 습격했다.

"끄아아악!"

"아악!"

정주가 눈치를 보면서 혈투를 지켜봤다. 괜히 휘말릴지 몰라 경계를 높이고 주의했다.

그러나 두려워하지는 않았다. 이 정도 규모의 총력전은 확실히 흔하지 않지만 그래도 가끔 벌어졌다.

"무음사자다!"

"강능초가 무음사자를 포섭했어!"

"도망쳐! 홍루에는 가망이 없다!"

하오문도에게 의리 따위는 존재하지 않는다.

그들은 설사 어제 형제의 연을 맺었다 할지라도 뒤도 돌아보지 않은 채 도망친다. 괜히 흑도가 아니다.

안 그래도 눈에 띄게 약화된 홍루의 세력은 습격에 제대로 된 반항도 하지 못하고 결국 무너졌다.

고수인 부두벽과 참락가를 잃었을 때부터 정해진 운명이었다.

"이제부터 홍루는 나, 강능초의 지배를 받는다."

"모, 목숨만 살려 주십시오!"

청루와 홍루가 전부 강능초 밑으로 들어갔다.

둘 다 정주의 밤거리에서 나름 영향력이 컸던 만큼 수익이나 무력 등 전부 배로 증가하게 됐다.

그리고 이 소란은 하오문주의 귀에도 들어가게 된다.

"강능초, 강능초라……."

하오문주가 어둠 속에서 중얼거린다. 그 목소리에는 성가시다는 감정이 다분했다.

인독종, 강능초. 그에 대한 정보가 머릿속으로 떠오르며 펼쳐졌다. 그 내용이 제법 자세하다.

강능초는 태생부터 정주로서, 밤거리에서는 흔히 볼 수 있는 고아였다.

어릴 적에 다리 밑에 버려져 부모의 이름도 모르고 자랐다.

남들처럼 어릴 때 동정심을 유발하며 구걸로 연명하다가 운이 좋아 어떤 무림인에게 무공을 배웠다. 다만 그렇게까지 대단한 수준은 아니었다.

정말로 대단한 건 강능초 본인이었다. 그는 살아남기 위한 수단으로 무공을 수련하고 또 수련했다.

재능도 약간 있긴 했지만, 더 대단한 건 끈기였다.

가끔씩 모르는 부분이 있으면 기루에 서성이는 무림인에게 끈질기게 달라붙어 가르침을 받았다.

도중에 수련이라는 명목하에 화풀이나 다름없는 폭력이

가해졌지만, 그에 굴하지 않았다.

죽을 뻔했던 적도 한두 번이 아니었지만, 온갖 고난을 경험한 덕에 그 자리까지 오를 수 있었다.

"신경 쓸 정도는 아니야."

정주의 밤거리는 타지보다 험하다. 하루아침에 어떤 세력이 사라지고, 다시 나타나 군림한다.

이런 일이 정말 숱하게 벌어진다. 흔하진 않지만 외부에서 고수를 초빙해 세력권을 넓히기도 했다.

무음사자가 눈에 밟히긴 했으나, 암천회의 일로 바쁜 하오문주가 움직일 정도는 아니었다.

정주의 하오문에는 청루와 홍루 외에도 이름을 크게 떨치는 세력이 여럿 있는데, 그중에는 하오문주에게 충의를 맹세하여 천선의 수족이 된 자들이 있다.

앞으로 노려야 할 목표가 그들이었다.

"앞으로의 일을 이야기해 주겠다."

강능초 앞에는 어릴 적부터 함께한 동료와 최근 그의 비호를 약속받고 수하로 들어온 하오문도가 있었는데, 그 숫자가 백을 조금 넘는 숫자였다.

그들은 드디어 올 것이 왔구나, 라는 비장한 얼굴로 그의 다음 말을 기다렸다.

"얼마 전, 홍루를 집어삼켰으나 나는 그걸로 만족할 생각이 없다. 정주의 밤거리가 얼마나 위험하고 욕심이 많은지 알고 있지? 최근 눈에 띄게 성장한 우리를 가만두지 않을 놈들이 많다. 그놈들에게 먼저 당하고 싶지 않다면 우리가 선수를 쳐야 하지."

꿀꺽!

"그 말은 즉, 전면전이라는 말씀이십니까, 형님?"

"그래. 그뿐만 아니라 정주를 지배하에 둘 것이다."

수하들이 웅성거렸으나 그것도 잠깐이었다. 전부 예상했다는 듯이 머리를 주억거렸다.

"비소돈, 독사검, 음살녀!"

세 명의 이름이 나오자 수하들이 몸을 움찔 떨었다. 대다수가 겁에 질린 표정이었다.

그도 그럴 것이 이 삼 인은 정주, 아니 하오문 전체에서도 오랫동안 이름을 떨친 강자들이었다.

그뿐만 아니라 이 삼 인 전부 각각 독자적인 세력을 만들었는데 그 규모와 힘이 대단하였다.

행동도 악랄하기 그지없어 그들의 손에 거쳐 이용되거나 목숨을 잃은 자가 셀 수 없을 정도로 많았다.

"그렇게 두려워할 것 없다! 우리에겐 무음사자가 있다!"

"무음사자!"

좌중의 분위기가 순식간에 바뀐다. 그늘까지 끼었던 얼굴이 몰라보게 환해졌다.

무음사자의 이름은 정주에서 공포 그 자체였다. 그런 그가 아군이라는 말에 사기는 하늘을 찔렀다.

* * *

강능초는 힘만 내세우는 머저리가 아니다. 정주의 밤거리, 흑도에서는 온갖 암계가 도사리고 있다.

힘만 믿고 설치면 이름도 채 남기지 못한 채 죽는다. 물론 압도적인 무공을 지닌 고수라면 상관없으나 애초에 그런 인물이 강호의 밑바닥에 올 리가 없다.

그는 오늘 밤을 위해 나름대로 치밀한 준비를 해 뒀다. 급습을 위한 병력을 분산한 다음 곳곳에서 적지로 모여 공격하는 수단을 사용했다.

온갖 정보가 모이며 소문의 전달도 빠른 정주인 만큼 움직임을 조심해야 했다.

최근 홍루를 흡수하면서 강해졌다지만 괜히 방심했다가는 허무하게 질 수 있었다.

"일단 제일 성가신 독사검부터 처리한다."

독사검은 삼 인 중에서도 상대하기가 제일 껄끄러웠는

데, 그 이유는 그가 무공도 강할 뿐만 아니라 지략도 상당했기 때문이다.

위험한 순간 숨을 때를 잘 찾고, 세력 싸움 중에 주변의 지원 세력을 적절히 이용했다. 게다가 함정을 파는 것이 특히 성가셨다.

괜히 나머지 둘과 싸우다가 전력을 소비했다간 그 틈을 파고들 것 같아 일 차 목표로 삼았다.

"어떻게 하겠나?"

고수는 약자에게 명령받는 걸 좋아하지 않는다. 그 지휘자가 하오문도라면 두말할 것 없다.

하오문주조차도 멸시받는 현실이다. 무음사자나 되는 고수가 말을 들을 것이라곤 기대도 안 했다.

"비소돈."

주서천이 몸을 풀 듯이 손목을 이리저리 돌렸다.

"설마……?"

청루주가 입을 떡 벌렸다.

강능초가 말없이 눈살을 찌푸렸다.

"내가 그쪽을 맡지."

"터무니없는 생각입니다!"

청루주가 목소리를 높였다가 흡, 하고 입을 닫았다. 그 낯빛이 시체처럼 새하얗게 질렸다.

'내가 미쳤지!'

강능초는 상관없다. 그는 자기 사람에게는 따스하고 부드럽다. 이 정도 무례는 어느 정도 용서해 준다.

무엇보다 청루주는 나름 이곳에서 책사였다. 강능초 다음으로 권한이 제일 높았다.

그래서 작전을 실행하기 전 회의에도 지속적으로 참석했었다.

문제는 무음사자였다. 그녀는 처음 만났을 때부터 잊을 수 없는 위압감을 보여 준 괴물 같은 그가 두려웠다.

그러나 걱정과는 다르게 주서천은 청루주에게 시선조차 주지 않고 자리에서 일어나며 말했다.

"비소돈이 다른 둘보다 머리가 나쁘지만, 그렇다고 두뇌 능력이 전무한 건 아니다. 너희가 독사검에게 승리한다 해도 전력의 소비가 제법 클 테니 그걸 노리고 덮쳐 올 게 분명해. 어쩌면 청루나 홍루를 점령하고 인질로 삼을지도 모르는 일이지."

"후자의 경우 저희도 잘 알고 있사옵니다. 그러나 아무리 무음사자일지라도 혼자서 비소돈의 소굴에 들어간다면……."

강능초가 손을 들어 청루주의 말을 제지했다.

안 그래도 매서운 눈매가 가늘어지며 무서워졌다.

'설마하니 이렇게까지 할 줄은 몰랐군. 무공에 대한 자신감인지는 모르겠지만, 거절할 이유가 없다.'

강능초도 주서천이 말한 것이 신경 쓰여 여러 계책을 준비해 뒀는데, 굳이 그럴 필요가 없어졌다.

설사 무음사자가 실패한다 할지라도 그 실력이라면 계책 이상의 피해를 줄 수 있다.

'동귀어진이라도 한다면 그거야말로 원하는 바다. 통제하지 못하는 힘은 양날의 검. 적을 베어 주되 내 목이 노려질지 모르지 않나. 이 상황, 이용해 주마.'

입가에 진한 미소가 맺힐 뻔했지만 초인적인 인내력으로 참았다. 이런 좋은 흐름을 망칠 수는 없다.

"알았다. 그렇다면 잔존 병력을 청루로 집결하여 방어에 힘쓰지. 지원은 힘들 텐데 괜찮겠나?"

"그래."

정주의 외곽은 전부 치안이 좋지 못한 밤거리다.

복잡하게 얽혀 있는 골목 사이는 빛 한 줌 들어오지 않아 정주의 주민조차 길을 잃기 십상이다.

위험이야 말할 것도 없다. 신체 건강한 남자가 들어가면 쥐도 새도 모르게 노비로 팔리고, 여인이 들어간다면 죽기 직전까지 범해져 목숨을 잃는다.

그중에서도 밤거리에 익숙한 하오문도조차 다가가지 않는 곳이 있었는데, 각각 동서와 남쪽이었다.

서쪽에는 주로 모조품이나 도난품, 혹은 마약 등을 판매하는 야시장이 있었는데 이곳을 사굴(蛇窟)이라 불렀다.

햇빛 대신 등불이 올라올 때 즈음, 사굴로 향하는 길목을 지나 나오는 저잣거리에 무리가 나타났다.

"응?"

정찰을 돌던 하오문도가 이상함을 느꼈다.

그건, 정말로 갑작스럽게 벌어진 일이었다.

저잣거리를 거닐던 사람 중 몇몇이 모였다. 한 사람은 두 사람이, 두 사람은 네 사람으로 변한다.

이윽고 눈을 껌뻑일 때마다 수가 무서운 속도로 증가하자, 그제야 무언가 잘못됐다는 걸 깨달았다.

"억!"

누군가가 눈에 들어오자 입이 절로 벌어졌다. 경종이 머릿속에서 끊임없이 치며 시끄럽게 울어 댔다.

근처에 서 있던 동료도 무언가 깨달은 듯, 허리춤에서 검을 뽑아 목청껏 소리쳤다.

"인독종이다!"

정주에 사는 주민들의 눈치는 귀신같이 빠르다. 심상치 않은 일이 벌어지자마자 꽁지 빠지게 도망쳤다.

"죽여라!"

강능초의 살벌한 명령이 내려졌다.

독사검의 수하를 제외하곤 건들지 말라고 사전에 말해두었기에 굳이 뒷말을 붙일 필요는 없었다.

"와아아아!"

"인독종을 따르라!"

청루와 홍루를 포함해 정예들로 데려온 무인들이 함성을 내질렀다.

수준은 기껏해야 삼류밖에 되지 않았지만, 그래도 기세만큼은 고수라는 듯 정주를 뒤흔들었다.

소란을 들은 사굴원(蛇窟員)들이 문을 박차고 나타났다가 눈앞에 펼쳐진 광경을 보고 기겁했다.

"일어나! 습격이다!"

"큰형님을 불러!"

"크아악!"

터져 나온 비명이 저잣거리를 넘어 사굴 곳곳까지 퍼졌다. 습격에 대비하지 못했던 사굴원이 쓰러진다.

강능초와 그 무리는 인근에 있는 사굴원의 목숨을 전부 빼앗은 뒤, 독사검이 있는 곳을 향해 전진했다.

"함정을 조심해라!"

그러나 처음의 위세와 다르게 전진은 쉽지 않았다.

미로처럼 얽힌 골목길도 성가시지만, 무엇보다 지점마다 설치된 함정 탓에 마음대로 되지 않았다.

사굴의 초입이 습격을 당하고 있는 동안, 그 소식은 바람이 되어 독사검에게 닿는다.

"인독종, 주제도 모르는 놈이……!"

독사검이 차가운 분노를 토해 내며 대응에 나섰다.

"감히 나 독사검에게 덤비다니, 겁을 상실했군!"

독사검은 하오문주를 제외하곤 정주에서 최고라 자부하고 있었다. 실제로 틀린 말은 아니었다.

비소돈은 힘이 있으나 머리가 떨어지고, 음살녀는 기교와 머리가 있지만 힘이 부족하다.

반면 독사검은 힘과 머리는 물론이고 적절한 기교까지 어우른 인재였다.

최근 이름을 날린 인독종이라고 한들, 독사검에 견줄 정도는 아니었다. 두렵기는커녕 코웃음만 나왔다.

"쥐새끼!"

독사검의 부름에 이름처럼 쥐를 닮은 사내가 나타났다. 체구도 성인 남자치곤 작은 편이었다.

"활을 조금이라도 쏠 줄 아는 놈들을 지붕 위로 올려 보내고, 내가 가르쳐 주는 곳에 배치해 요격하라고 전해라.

혹시라도 도망치거나 한다면 주저하지 않고 목을 베어 본보기를 보여 주도록!"

"예!"

쥐새끼가 큰 소리로 대답하면서 사라졌다.

"쯧!"

독사검은 짜증 가득한 얼굴로 혀를 찼다. 무엇이 그리 마음에 안 드는지 미간이 씰룩인다.

'최근에 힘을 얻어 기고만장한 애송이 따위야 내 적수가 되지 못한다. 정녕 문제가 되는 건 무음사자지.'

무음사자!

정주의 밤거리에 몸을 담근 지는 얼마 되지 않았지만 채 한 달도 되지 않아 공포로 군림하는 고수다.

천하의 독사검이라 해도 소리 없이 다가와 영혼을 가져가는 사자는 여간 신경 쓰이는 게 아니었다.

그 외에도 신경 쓸 것이 많아 머리가 아팠다.

*   *   *

사굴이 습격을 받아 소란스러운 그때, 그 반대편인 동쪽 역시 다소 시끄러웠다. 다만 이곳의 소란은 언제나 벌어지는 일상인지라 이상할 것이 없었다.

동쪽에는 인내심이 눈곱만큼 없고 성질이 흉포한 자만 모여 있어 정주 내에서도 무법천지 그 자체였다.

고리대금업을 하거나 혹은 불법 투기장을 운용했고, 사람을 납치해 와 협박하는 등의 일이 다분했다.

온갖 폭력이 난무하는 곳인지라 하오문도들조차 힘이 없다면 웬만하면 접근하지 않는다.

다만 이곳에서도 무분별한 폭력이 제한된 장소가 있는데, 바로 지하에 비밀스레 만들어진 투기장이었다.

투견이나 투계부터 시작해 심지어 사람끼리 목숨을 배당받고 싸우는 장소로서, 역사도 제법 길다. 살벌한 폭력을 구경하는 취미를 지닌 상인이나 혹은 관리도 가끔씩 방문하는지라 나름 신경 쓰는 곳이다.

"여, 여기입니다."

청루의 종업원에게 안내를 받은 주서천은 비좁고 을씨년스러운 골목을 지나 막다른 벽에 당도했다.

일 장 높이로 세워진 벽에는 돼지의 얼굴이 그려져 있었고, 가운데에는 척 봐도 수상한 철문이 서 있었다.

차이점이 있다면 지금까지 온 거리와는 다르게 횃불로 주변을 밝히고, 덩치가 산만 한 문지기가 있다는 점이었다.

"그, 그럼 전 이만 가 보겠습니다. 헤헤헤!"

종업원이 비굴하게 웃으며 꽁지 빠지게 도망치려 했으나

주서천의 손이 뒷덜미를 재빨리 낚아채 막았다.

"케헥!"

"원래 이곳 투기장에서 일했다고 했었지?"

종업원은 고개를 끄덕이는 걸로 대답을 대신했다.

"내부의 길도 알고 있나?"

종업원은 불길함을 느껴 '모른다.' 라고 답하려다가 입을 다물고 목을 움츠렸다.

아무리 투기장에 들어가고 싶지 않다 해도 무음사자를 언짢게 하고 싶지는 않았다. 목숨은 하나니까.

"그러면 안내해라."

"흑흑!"

종업원은 눈물과 콧물을 쏟아 내면서 마치 세상이 무너진 듯한 표정을 감추지 못했다.

무음사자가 지하 투기장에 침입하여 무엇을 할지 잘 알고 있었기에 격한 감정을 참지 못했다.

'이럴 줄 알았으면 유서라도 써둘걸!'

마음속으로 온갖 원망 어린 말을 남기며 걸었다.

"그만."

중앙에 서 있던 문지기가 허리춤에서 칼을 뽑았다.

"못 보던 얼굴이군."

문지기의 입가에 비릿한 미소가 번졌다.

"들어가고 싶다면 은으로 두 냥은 내놓아라."

"그런 건 없다."

"나, 나으리!"

전낭을 뒤적이던 종업원이 흙빛이 됐다.

"뭐?"

문지기의 얼굴이 험상궂게 일그러졌다.

"넌 어떻게 저런 것들에게 무시를 당하냐?"

"낄낄낄!"

근처에 있던 문지기들이 비웃음을 흘렸다. 몇몇은 마침 심심하니 잘됐다면서 손뼉까지 쳤다.

동료들에게 비웃음 대상으로 지목당한 문지기는 치욕감을 버티지 못하고 몸을 부르르 떨었다.

얼굴은 터질 것처럼 시뻘겋게 달아올랐고, 눈에는 진득한 살기가 흘렀다.

"오냐, 지금 네가 겁대가리를 상실한 모양이구나!"

이 거리에서 그의 무위를 알아볼 자는 없다. 종업원이야 두말할 것도 없었다.

정주에서 실력도 없는데 쓸데없이 허세만 부리는 잡배가 가끔 있다.

"소령."

"네."

움찔!

앞으로 발걸음을 내민 문지기가 몸을 떨었다. 그의 동공이 지진이라도 일어난 것처럼 흔들렸다.

그 얼굴은 마치 귀신이라도 본 것 같았는데, 그뿐만 아니라 주변에 있던 문지기들도 마찬가지였다.

"히이익!"

종업원이 놀란 목소리를 내며 바닥에 벌러덩 주저앉았다.

'어, 언제?'

눈을 깜빡인 순간, 무음사자의 중심으로 원래부터 있었던 것처럼 눈을 천으로 가린 흑의인이 나타났다.

흑의라 해도 천의 면적이 워낙 얇은 데다가, 또 피부도 검어 잘 보이지도 않았다.

"반격을 하되, 종업원의 안전을 최우선으로 한다. 공격이 아니라 방어에 전념하도록."

소령이 넘어진 종업원의 옆에 섰다.

"적의가 없다면 놓쳐도 상관없다. 그 외에는 신속하게 전부 죽이도록."

어떻게 된 것인지 열 명이 땅에서 솟아나듯 나타나자, 문지기들이 그제야 무언가 잘못됨을 느꼈다.

"명."

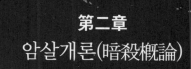

第二章
암살개론(暗殺槪論)

"으아악!"

정주의 밤거리가 순식간에 전쟁터로 변했다.

힘없는 주민들은 방문을 걸어 잠그고 숨죽였고, 조금이라도 싸울 수 있는 사람들은 습격에 대비했다.

"화살이다!"

파바밧!

지붕 위에서 화살이 날아왔다. 안 그래도 어두워 화살이 제대로 보이지 않아 막기가 힘들었다.

무엇보다 골목이 비좁다 보니 명중률이 보통이 아니었다. 눈먼 화살도 거의 백발백중이다.

"간우(干羽)를 들어서 막아라!"

간우란 보통 대나무같이 가벼운 재질로 된 순(盾)의 일종으로, 화살을 한두 번 막기에는 최적이었다.

"흥!"

강능초가 하오문도의 어깨를 밟고 펄쩍 뛰어 지붕 위에 가벼이 착지했다. 뒤로 몇몇의 수하가 따랐다.

"인독종!"

지붕 위에 있던 활잡이가 놀라 목소리를 높였다.

"멍청한 놈!"

놀라기 전에 시위에 화살부터 걸었어야 한다. 하기야, 그런 판단이 가능했다면 하오문도로는 아깝다.

강능초는 기왓장 위를 밟으면서 지척에 있는 활잡이의 목을 검으로 베었다.

피가 얼굴에 튀었지만 상관하지 않는다. 그 대신 활잡이가 쥐고 있던 활을 잡고, 시위에 화살을 건다.

퓽!

화살이 일직선을 그려 내며 날아가 또 다른 활잡이의 어깨에 박혔다.

"아악!"

활잡이가 비명을 지르며 쓰러졌으나, 강능초의 얼굴은 만족스럽지 않았다.

'역시 잘 보이지도 않는데 쏘는 건 힘든가.'

원래는 가슴을 노렸는데 빗맞아 버렸다.

"활잡이부터 처리한다!"

"와아아!"

강능초의 선수에 힘입은 하오문도가 달렸다. 기왓장 위로 올라온 그들도 강능초처럼 활을 빼앗았다.

머리 위에서 쏟아지던 화살이 멈추자, 아래에 있던 하오문도들이 함성을 내지르며 다시 진격한다.

"이런, 쌍!"

멀리서 지켜보고 있던 독사검이 욕설을 내뱉었다.

독사검은 그동안 이 전술로 무패를 자랑했다.

원래 하오문에서 전술을 아는 자는 적다. 지략은커녕 문맹이 수두룩하다.

주먹만 조금 쓸 수 있는 자들에 불과한 잡배가 낭인이나 병사처럼 참전한 경험이 있을 리 만무했다.

원래 흑도의 싸움이란 게 대부분 수로 해결하거나, 급습을 하거나, 인질이나 독으로 해결하는 법이다.

사실 내빼지 않고 목숨을 걸고 싸우는 것 자체가 신기하다. 대부분 질 것 같으면 꽁지 빠지게 도망친다. 독사검은 그걸 공포로 통제하고, 그럭저럭 쓸 수 있는 머리로 전략을 사용해 살아남았다.

하오문에게 조언을 줄 만한 책사라면 애초에 이런 밑바닥에 있지도 않을 것이다.

그런데 그게 처음으로 무너졌다. 인독종은 독사검처럼 지략을 쓸 수 있는 무인이었다.

"흐, 날 열 받게 만들어?"

독사검이 입꼬리를 비틀어 웃었다. 그러나 그 눈은 웃지 않고 분노로 활활 타오르고 있었다.

"창수! 놈들이 골목에서 빠져나오지 못하도록 해라! 나머지는 위를 조심하면서 습격에 대비한다!"

"혀, 형님! 부상자는 어떻게 할까요?"

"지금 그걸 말이라고 물어?"

독사검의 눈이 한층 더 살벌해졌다.

"움직일 수 없는 거 아니면 나가서 싸워. 도망치는 새끼들은 전부 내 손으로 목을 쳐 주마."

강능초도 보통이 아니었지만, 독사검도 마찬가지다.

그동안 무패를 자랑하던 단순한 전술이 무너졌지만, 당황하지 않고 지휘에 힘썼다.

특히나 창수를 이용하는 것이 빛을 발했다.

골목이 워낙 비좁고 굽이졌기에 공격하는 입장에선 한두 명씩 줄을 서서 전진할 수밖에 없었다.

한데 입구 부근에서 기다란 창을 이용해 찔러 대니 강능초 측은 애를 먹었다.

강능초도 그걸 파악하고 지붕 위로 수하를 보냈지만, 독사검은 검이나 칼을 든 수하들로 대응했다.

한 치의 앞도 볼 수 없는 치열한 공방이었다.

*　　　　*　　　　*

시커먼 밤하늘 위로 비둘기가 날아오른다. 새하얗던 깃털도 밤에 녹아들었다.

비둘기는 몸을 숨긴 인간들을 비웃기라도 하듯, 정주의 밤거리를 지나 화려한 전각에 들어섰다.

"호호호."

퇴폐적인 분위기를 풍기는 미부인이 소리 높여 웃었다. 그 손에는 전서구가 전해 준 종이가 잡혀 있다.

정주의 밤거리 중, 남쪽을 지배하는 음살녀의 눈이 초승달처럼 휜다.

"인독종이 독사검을 쳐? 안 그래도 예전부터 그 썩을 놈이 마음에 들지 않았는데, 잘됐구나! 호호호!"

음살녀는 색공을 익혀 남자의 정기를 빼앗아 내공을 쌓고 아름다움을 유지한다.

게다가 주안술까지 수련해 외견은 서른을 막 넘은 것처

럼 보이나 실은 육십에 가까운 할머니였다.

그러나 그 사실을 입으로 함부로 놀렸다간 죽는 것보다 더한 고통을 받으니, 다들 말로 꺼내지 않았다.

다만 예외적인 몇 사람이 있었는데 삼 인 강자인 비소돈과 독사검이었다.

비소돈은 할머니에게 성욕을 느낀다는 것에 거부감이 들어 음살녀를 피했고, 독사검은 대놓고 멸시했다.

"내 손으로 직접 찢어 죽이고 싶지만⋯⋯."

하오문주가 다툼을 금해 마음대로 할 수 없었다. 가능했다면 진작 손을 썼을 것이다.

불행 중 다행으론 그 꼴 보기 싫은 자를 돕지 않아도 상관없다는 것이다.

하오문주는 수족들 외의 싸움에는 관심이 없다.

만약 독사검이 이대로 패배해 약해진다면 거리낌 없이 버린 다음 또 다른 인재를 찾아 수하로 삼을 것이다. 그러나 애석하게도 그런 일은 벌어지지 않을 것이다.

독사검은 그동안 무수한 도전을 받았으나, 무패를 자랑하며 지금의 자리를 지키고 세를 키워 왔다.

하오문의 온갖 경험을 산전수전 겪고 무공까지 상당한 독사검이 인독종에게 지는 건 상상하기 어렵다.

음살녀는 속으로 아쉬워하면서, 무음사자에게 기대하며

독사검에게 큰 피해라도 입히기를 기도했다.

＊　　　＊　　　＊

흑도인은 밤에 익숙하다.

그들은 낮에 돌아다닐 만큼 성실하지 못하다. 그래서 활동 시간도 밤에 치중되어 있다.

보통 저녁에 일어나고, 아침에 잠드는 하루를 보낸다.

그래서 밤눈이 밝다. 빛이 없어도 눈은 밤에 금세 익숙해지고, 보이지 않아도 감각만으로 눈치챈다.

그러나 그런 그들이라도 모습은 물론이고 기척조차 느껴지지 않는 유령들을 발견해 내지는 못했다.

"끅!"

자객에게 중요한 건 은밀함이다. 그리고 유령들은 그 은밀함을 섬뜩할 정도로 잘 지켰다.

지하 투기장의 입구에 서 있던 문지기들은 소리도 내지 못하고 숨을 멈춘 채 바닥에 쓰러졌다.

쓰러지는 것조차 소리가 없다. 유령들은 줄이 끊어진 인형처럼 쓰러지는 몸을 붙잡아 내려놓았다.

소령에게 보호받는 종업원은 그저 찰나에 가까운 순간에 벌어진 일에 입을 다물지 못했다.

"그저, 산책하듯이. 고요하게."

주서천이 뒷짐을 지고 걷는다. 얼굴에는 어떠한 다급함도, 긴장감도 존재하지 않는다.

표정에는 편안함이 묻어났으나, 그 발걸음은 평범하지 않았다. 실체가 없는 것처럼 기척 없이 걷는다.

그 옆에서는 종업원이 귀신에 홀린 것처럼 따랐다.

"누구…… 끅!"

철문을 열고 들어온 지 일각이 지났지만, 다들 제대로 싸워 보지도 못하고 목숨을 잃었다.

기괴하다고밖에는 설명할 길이 없었다. 어떻게 된 영문인지 눈만 마주치면 죄다 절명했다.

이 기이한 현상에 종업원은 공포에 질려 아무 말도 하지 못하고 길만 안내했다.

'사, 사자!'

손도 대지 않았는데 얼굴을 마주치면 죽는다.

도저히 사람으로 보이지가 않았다.

"히야, 그것참 기가 막히네."

주서천도 감탄을 금치 못했다.

종업원과 다르게 유령들의 움직임이 보이긴 했으나, 그래도 만나면 적이 휙휙 쓰러지니 신기했다.

적이 기껏 해 봤자 삼류에 불과한 하오문도이니 가능했

다.

그리고 약 일각 정도를 내려갔을까, 아래에서부터 거센 함성 소리가 점차 커지며 울려 왔다.

멍하니 있던 종업원도 그제야 정신을 차리며 침을 꿀꺽 삼켰다.

"이, 이 앞입니다."

옆으로 돌자 환한 빛이 어둠을 걷으며 맞이했다.

"와아아아!"

"죽여라! 죽여라!"

"내가 너한테 돈을 얼마나 건지 알아!"

욕설과 괴성으로 뒤섞인 함성이 폭발했다.

종업원은 고막을 찌르는 소리에 힉, 하고 놀랐다.

반면 주서천은 아무렇지 않은 얼굴로 주변을 둘러보면서 주먹을 쥐락펴락했다.

눈앞에는 여기까지 오는 길목과는 다르게 탁 트인 공간이 나왔는데, 천여 명은 수용이 가능한 넓이였다.

주서천과 종업원이 서 있는 장소부터 경사로가 아래로 쭉 이어져 있고, 평지가 나온다. 그리고 저잣거리처럼 외곽선을 두른 다음 벽을 세워 구역을 구분했다.

사람이 출전하는 곳부터 시작하여 투계나 투견 등의 동물이 싸우는 곳 등 다양한 투기장이 마련됐다.

구역을 나눈 벽에는 관중석이 붙어 있었고, 그 자리에는 사람들이 함성을 내지르며 응원에 열중했다.

"이 정도의 함성이라면 내가 소리쳐도 못 듣겠군."

주서천이 쓴웃음을 지었다. 이렇게 사람이 많을 줄은 상상도 하지 못했다.

원래라면 관련이 없는 사람들에게 소리쳐 도망치게 하려 했지만 이러면 아무래도 어렵다.

"비소돈이나 그 일당을 구분할 수 있는 방법은?"

"비, 비소돈은 보시면 알 것이고, 그 수하들은 병장기에 돼지 코를 장식으로 달아 뒀습니다."

"고생했다."

전낭을 뒤져 은자를 꺼내 종업원에게 건넸다. 목숨을 걸고 안내를 해 줬으니 몫을 두둑하게 챙겨 줬다.

"더 이상 안내는 필요 없으니 돌아가라. 여기까지 오면서 기척은 느끼지 못했으니 아무도 없을 거야."

"가, 감사합니다!"

종업원은 머리를 지면에 닿기 직전까지 숙인 다음, 뒤도 돌아보지 않고 줄행랑을 쳤다.

소령을 포함하여 십 인의 유령들을 뒤로한 주서천은 흑막처럼 음험한 목소리로 명령을 내렸다.

"비소돈을 제외하고 그 일당은 남김없이 죽여라. 그 외에 적의를 보이는 사람이 있다면 살려 두지 마."

"존명."

감정 하나 없는 목소리들이 화합을 이룬다.

주서천은 지면을 튕기며 몸을 날렸다.

"어?"

아래로 이어진 경사로 끝에 서 있던 경계병이 무언가를 발견하고 눈을 휘둥그레 떴다.

하수의 눈에 잡힌 주서천은 '저것이 무엇이지?' 라고 판단했을 때, 이미 지척까지 다가왔다.

눈이 인지하고, 뇌로 전해져 판단을 내리기도 전에 화살처럼 날아오던 그의 소매에서 빛이 뿜어졌다.

정말로 빛이 뿜어진 것이 아니라, 비수가 곧은 선을 그려내면서 경계병의 미간에 꽂혔다.

"이런, 개 같……."

뒤편에서 대기하고 있던 동료가 움직이나, 그 옆으로 주름살이 가득한 노인이 지나갔다.

푸욱!

"케헥!"

지저분한 목 위로 가느다란 혈선이 그어졌다가, 이내 피가 분수처럼 솟구치며 안개를 만들었다.

"……?"

외곽에서 서성이던 사람들이 의문을 품는다. 눈앞에서 벌어진 상황에 사고가 따라가지 않는다.

그들의 앞에 당도한 주서천은 머리를 긁적였다.

그저 산책을 하듯, 자연스럽게 사람들 사이로 파고들었다. 그 뒤와 옆으로 다양한 사람들이 뒤따른다.

"으, 으아……."

비명이 터져 나오기 직전. 유령들의 눈동자가 합이라도 맞춘 듯 이리저리 움직이면서 목표를 포착한다.

"으아아아악!"

비명이 터져 나오면서 함성에 묻히자, 병장기에 돼지 코를 장식으로 단 하오문도들이 피를 흩뿌렸다.

"목 씻고 기다려라, 비소돈."

                    *   *   *

그 육신은 과할 정도로 크다. 근육도 근육이지만 살로 가득했고, 신장은 칠 척이 넘는다.

본래 적림십팔채의 산적이었으나 산채의 식량고를 털어 쫓겨난 비소돈은 밤거리를 전전했다.

그러다 정주에 흘러들어 왔는데, 그는 매서운 속도로 동쪽을 지배했다.

원래 동쪽을 지배하고 있던 자를 습격해 그가 관리하고 운영하던 곳들을 빠르게 흡수해 버렸다.

이후 하오문주에게 수족으로 인정받은 뒤, 간간이 고수들을 주의하며 자신만의 나라를 구축했다.

원하는 여자가 있다면 납치해 와 범했고, 짜증이 나면 근처에 있는 사람을 마음껏 패고 죽였다.

"크헤헤헤!"

비소돈은 눈앞에 공허한 눈동자로 누워 있는 나체의 여인들을 내려다보면서 경박하게 웃었다.

"과거의 나도 참 모를 놈이군! 이런 곳을 내버려 두고 산채에 박혀 있었다니!"

약간의 힘만 가져도 왕처럼 군림할 수 있는 곳을 외면하는 무림인들이 새삼 이해되지 않는다.

비소돈은 하오문 밖의 정도니 사도니 뭐니 하고 떠드는 이들을 비웃으면서 향락에 취했다.

"두, 두, 두목!"

쿵쿵쿵!

누군가가 바깥문을 두드린다. 이제 막 즐기려던 참에 방해꾼이 찾아오자 기분이 상했다.

비소돈은 벌거벗은 채로 문으로 향했다. 그가 걸을 때마다 마치 지진이라도 일어난 듯 크게 흔들린다.

"어떤 새끼냐!"

비소돈이 짜증 난다는 듯이 손바닥으로 문을 힘껏 후려치자, 굉음과 함께 박살이 나며 나가떨어졌다.

"히엑!"

문 앞에서 대기하고 있던 하오문도가 놀라며 뒤로 물러났다. 조금이라도 늦었다면 죽음을 면치 못했을 것이다.

잔뜩 흥분한 비소돈이 심호흡했는데, 코까지 지방이 가득해 숨조차 제대로 쉬지 못했다.

꼭 돼지가 호흡하는 것처럼 '쿰척' 거렸는데, 입을 열 때마다 지독한 냄새가 코를 찔러 고약했다.

"스, 습격입니다!"

하오문도는 보고하면서도 눈동자를 돌려 비소돈의 등 뒤를 힐끔거리기 바빴다. 방 내부에 널브러진 아름다운 여인들을 보는 그 눈에는 부러움이 묻어났다.

"큿! 같잖은 이유라면 쳐 죽이려고 했다만, 보고가 널 살렸구나. 운 좋은 줄 알아라."

비소돈이 동쪽의 모든 영역을 지배한 지도 십 년이 넘었지만, 그렇다고 그게 영원했던 것은 아니다.

힘 좀 써서 자기만의 세력을 불린 하오문도나 혹은 외부에서 들어온 자들이 도전해 오곤 했다.

"다 좋은데 이런 게 귀찮단 말이지!"

언제나 그렇듯이 도전자를 묵사발 내리라.

그러나 그다음 보고로 인해 비소돈의 얼굴은 여유가 사라지고 돌처럼 딱딱하게 굳어졌다.

"저, 적이! 적이 코앞까지 다가왔습니다!"

열한 명, 아니 열두 명의 유령.

그들은 혼란에 빠진 사람들 사이를 누볐다.

때로는 청순한 분위기가 물씬 풍기는 시골 처녀였고, 어떨 때는 힘 하나 쓰지 못하는 노인이었다.

아이일 때도 있었으며 또는 이제 갓 약관이 된 청년이었다.

유령들에게는 감정도, 분위기도, 기척도 없었다.

하오문도에 불과한 하수들은 그들을 포착하지 못했고, 압도적이라는 이름의 무력에 저항하지 못했다.

"켁, 케헥!"

삼십 년 전에 흘러들어 온 하오문도가 목을 움켜잡고 컥컥거리다가 바닥에 쓰러져 절명했다.

그 외에 다른 하오문도들도 마찬가지였다. 저항은커녕, 적이 어디에 있는지도 모른 채 죽어 갔다.

시간이 지나자 이 괴현상에 하오문도들의 낯빛이 새파랗게 질렸다.

"히, 히익!"

"귀, 귀신이다!"

"도망쳐!"

급기야 병장기를 떨어뜨리고 도망치려 했다.

"여기서 도망쳤다간 뒷감당을 어떻게 하려고!"

비소돈은 정주에서도 흉포하기로 유명한 자다.

배신자는 물론이고 도망자에게도 자비를 내리지 않는다. 운이 좋다면 팔다리 하나 잘린 것으로 끝나지만 대부분은 목숨을 유지하지 못하고 황천길을 걷는다.

"그렇다면 여기서 뒈지든가!"

"모습도 보이지 않는 고수를 상대하라고? 그게 가능했으면 하오문도로 살겠냐? 병신 같은 놈!"

지금 당장 죽게 생겼는데 그게 무슨 소용인가. 어차피 그들에게 의리나 충성 따위는 존재하지 않다.

도망치는 하오문도들을 힐끔 쳐다보곤, 비도를 적당히 던져 맞췄다.

"놓칠 것 같으면 무리해서 쫓을 필요는 없지만, 죽일 수 있다면 죽여라. 살려 두지 마라."

비소돈처럼 나름 이름 있는 자가 천선의 수족이란 건 알고 있지만, 조무래기들은 어떤지 잘 모른다.

분명 그중에서도 천선을 위해서 일하는 자가 있을 터. 확실히 알지 못하니 죽이는 것이 마음에 편하다.

"대, 대이이인!"

칼을 쥐고 있던 하오문도들이 그걸 보고 전의를 잃었다. 다들 창백한 낯빛으로 부복하며 빌었다.

"부, 부디 자비를!"

"목숨만은 살려 주십시오!"

"집에는 홀로 남은 노모만……."

바람이 불었다.

소맷자락에서 튀어나온 비도는 몇 줄기의 선을 그으면서 부복한 하오문도의 머리와 목을 꿰뚫었다.

여기저기서 컥 소리를 흘리면서 절명했다.

유은비도도 실전에서 충분히 쓸 만해졌지만, 아직이다. 죄다 적수가 되지 않으니 파악할 수 없다.

"크아악!"

목숨 구걸이 통하지 않자 도주를 택했다. 반항할 생각은 감히 하지 못했다.

그들이 지금까지 살아남은 것은 남들보다 눈치가 빠르고 주제를 알고 있어서다.

몇몇은 도주에 가망이 없다고 판단해 검을 뽑아 들었지만, 채 반항도 하지 못한 채 목숨을 잃었다.

그 와중에 어떤 하오문도는 남들을 미끼로 삼아 도주하

는 데 힘썼다.

"으으……."

공포로 떨리는 목소리. 그들에게 전의 따위는 남지 않았다. 사기는 나락 끝자락까지 떨어졌다.

"귀, 귀신이 틀림없어!"

"지하 투기장에 사라져 간 원귀들인 게야!"

장소가 장소다 보니 공포도 더했다.

그도 그럴 것이 지하에서 사람들이 홱홱 죽어 나가니 정신이 이상해지는 건 이상한 일이 아니었다.

유령들이 이름 그대로의 취급을 받으면서 하오문도들의 목숨을 앗아 가고 있을 때, 벼락과도 같은 목소리가 내리쳤다.

"네 이놈들—!"

목소리에 반응하듯 지반이 크게 흔들렸다. 도망치던 몇몇 하오문도가 깜짝 놀라 앞으로 고꾸라진다.

그러나 그들의 노랗게 질렸던 낯빛은 되돌아왔고, 도리어 환하게 밝아졌다.

"와아아아!"

"두목이 오셨다!"

동쪽을 약 십여 년 동안 지배한 강자.

공포이자 곧 폭력을 상징하는 자가 아닌가!

아군이자 상관이라는 것을 깨닫자, 하오문도의 마음에서 사라졌던 전의가 다시 되돌아왔다.

"아무것도 못 하고 당하기만 해?"

비소돈이 한심하다는 듯이 주변을 둘러봤다. 그 눈동자에는 진한 모멸감이 묻어났다.

그 눈을 보고 나서야 뇌리에 새겨진 공포가 떠올랐다.

"헤헤헤! 그럴 리가 있겠습니까, 두목!"

"잠시 놀아 주고 있던 것뿐입니다!"

지면에 입을 맞출 정도로 머리를 낮춘 자들도, 병장기를 내던지고 도망치던 이들도 전부 돌아섰다.

손바닥 뒤집듯 전환하는 태도에 헛웃음이 흘러나왔다.

"자아, 얼른 나오지 못할까!"

비소돈이 덩치에 알맞은 큰 칼을 뽑았다.

"나의 눈은 못 속인다! 벌써부터 겁먹고 몸을 떨고 있는 소리가 다 들리는군!"

"그래?"

기다렸다는 듯이 숨을 토해 내면서 앞으로 나선다.

땅에서 솟았는지, 하늘에서 떨어진지 모를 유령이 눈앞에서 나타나자 하오문도들이 몸을 흠칫 떨었다.

그러나 비소돈은 전혀 놀라지 않았다. 반대로 터지기 일보 직전인 웃음보를 참지 못했다.

"구하하!"

"왜 웃지?"

"그야 네가 생각 이상으로 이리도 멍청한데, 웃지 않을 수 있겠느냐?"

웃는 도중 콧속의 지방이 눌려서 그런지 웃음소리도 괴상했다.

비소돈은 누런 이를 드러내며 이죽거렸다.

"자고로 자객이란 건 들키지 않고 몰래 죽이는 일에 특화되어 있는 법. 모습을 들킨 이상 이미 힘의 반절을 잃는다. 무공에 어지간히 자신이 있는 모양인데, 그건 나도 마찬가지다."

하오문, 나아가 흑도에서 고수를 찾기란 하늘의 별 따기보다 어렵다.

초절정은커녕 절정도 소수에 속한다. 다만 정주는 하오문주가 뒤에 있는 만큼 고수의 숫자가 타지보다 많은데, 비소돈이 그 고수 중 한 명이다.

"무음사자. 네놈의 패인은 날, 아니 이 정주의 밤거리를 너무 우습게 본 것이다."

눈짓을 보내자 수하들이 주서천을 포위했다.

"너처럼 외부에서 도망치듯이 정주로 들어와 자기가 천하제일이 된 것처럼 날뛰다가 목숨을 잃은 자들이 제법 여럿 되지. 그 오만이 널 죽일 것이다"

비소돈은 독사검과 음살녀보다는 머리가 나쁘다.

그렇다고 평균 이하는 아니다. 그 둘이 생각 이상으로 뛰어날 뿐, 비소돈은 뇌까지 근육이 아니다.

무공만으로 동쪽을 오랫동안 지배한 게 아니다. 만약 그랬다면 진작 누군가에게 속아서 죽었다.

"자비를 베풀어 주마."

비웃음 가득한 눈동자가 주서천을 내려다본다.

"반항하지 않고 나에게 투항한다면 목숨만은 살려 주마. 이 주변에 숨어 있는 쥐새끼들도 마찬가지."

무음사자가 무신도 아니고 혼자 이 난리를 쳤을 리 없을 터. 전력을 주변에 숨겨 둔 게 틀림없었다.

'모습만 드러낸다면야 자객 따위 두려워할 것 없다.'

살려 준다는 건 거짓말이다. 언제든지 목덜미를 노릴 수 있는 수하 따위 곁에 두고 싶지 않았다.

아직까지도 주변에 몇 명이 숨어 있는지 파악되지 않는다. 이런 걸 허투루 품었다간 독이 된다.

언제든지 무음사자의 목을 취할 수 있도록 발가락 끝을 조금씩 꾸물거리면서 거리를 좁혔다.

"암살에 대해서 알고 있나, 비소돈?"

"……?"

"암살이란, 이름 그대로 몰래 죽이는 것. 목격자만 없다면 얼마든지 성립될 수 있지."

"갑자기 뭔 개소리냐?"

주서천이 답답한 듯, 복면을 아래로 내렸다.

비소돈은 이를 항복이라 여기며 씩 웃었다. 앞으로 정주에 자신의 이름이 알려질 상상에 즐거워했다.

"꾸하하! 이리 쉽게 포기할 줄은!"

열한 명이 차례대로 나타났다. 그중에는 쉽게 죽이기에는 아까운 상등품의 계집도 섞여 있었다.

비소돈의 입가에는 저열하기 그지없는 진한 미소가 번졌고, 눈은 욕망으로 번들거렸다.

"편히 보내 주마!"

쿵!

산만 한 덩치가 움직인다. 한 걸음 내디딘 것뿐인데 보폭이 커서 거리가 제법 됐다.

주서천에게 멧돼지처럼 돌격한 비소돈이 손에 쥔 칼을 크게 휘둘렀다.

부웅!

큼지막한 칼이 대기를 가른다. 무식할 정도로 비대한 지방과 근육에서 나온 힘은 모든 걸 쪼갤 기세였다.

그 광경을 지켜보던 수하들의 머릿속에서는 몸이 장작처

럼 쪼개지는 무음사자가 그려졌다.

하나 그 예상은 모두 빗나갔다.

휙!

한 걸음. 고작 한 걸음.

전력을 다한 일도(一刀)를 피하는 데 그 정도면 충분했다. 유령보 특유의 기척 없는 발걸음이었다.

쾅!

굉음과 함께 도가 떨어지자 지면이 움푹 파이며 흙먼지를 뱉어 냈고, 칼의 주인인 비소돈의 얼굴이 일그러졌다.

'느리다.'

시간이 날 때마다 유령들과 일 대 다수로 수련을 했다. 덕분에 유은비도와 유령보는 삼성에 올랐다.

비소돈은 큰 체구답지 않게 제법 빠른 편이었지만, 유령들과 비교하면 하품이 나올 정도로 느렸다.

더 이상의 탐색전은 무의미하다는 걸 깨닫자, 통나무처럼 굵직한 팔을 지면 삼아 달려 올라갔다.

"으헉!"

비소돈이 놀라 비명을 내지르며 몸을 일으켰다.

밟고 있는 팔이 크게 흔들렸으나 주서천은 아랑곳하지 않고 움직임에 속도를 더했다.

'팔.'

머릿속으로 목표를 그려 낸다. 한동안 그에게 가르침을 준 유령들의 조언을 떠올리며 움직였다.

손목을 살짝 튕기자 소매가 펄럭였고, 비수가 미끄러지듯이 튀어나오다 잡혔다.

그리고 곧장 비수를 한 바퀴 회전시켜 역수로 잡은 뒤, 어깨에 위치한 견우혈(肩髃穴)을 찔렀다.

푹!

"악!"

목과 척추, 아울러 어깨까지 이어지는 부분에 문제가 생기자 순간 힘이 빠져 버려서 움직일 수가 없었다.

'대, 대체 무슨!'

비소돈은 꼼짝도 하지 못했다. 감히 반항할 생각도 들지 않았다.

무음사자의 움직임을 조금도 쫓지 못했다. 설마하니 이 정도로 고수일 줄은 몰랐다.

이런 고수가 대체 무슨 사정으로 이런 흑도의 거리에 온 것인지 의문이 들었지만, 지금은 그런 생각을 할 때가 아니었다.

독사에게 잡힌 먹이처럼 옴짝달싹하지 못한 채, 옅은 신음을 흘리면서 살려 달라고 빌어야 할 때였다.

"죄, 죄송합니다. 대인!"

체면을 챙기고 있을 때가 아니다. 규격 외의 고수가 거리에 들어왔다.

여러 의문이 스쳐 지나갔지만, 지금 이 상황이 질문할 정도로 여유가 있지는 않다.

목숨만은 건지기 위해서 눈동자를 필사적으로 굴렸다.

"비소돈."

주서천이 비소돈을 차갑게 내려다봤다.

"원하는 것이 있으시다면 말씀만……."

"암살에 대해서 내가 뭐라고 말했었지?"

"……!"

비소돈의 낯빛이 창백하게 질렸다.

第三章
일야폭풍(一夜暴風)

　주서천은 비소돈과 그 잔당을 조금도 남기지 않았다. 우두머리의 머리가 바닥을 구르자, 대다수가 전의를 잃고 항복했으나 유령들의 검에는 자비가 없었다.

　이곳 지하 투기장에서 동정 따위는 필요치 않다.

　일반인들이야 진작 도망쳤고, 남은 것들은 비소돈의 위광에 힘입어 쓰레기 짓을 일삼던 놈들이다. 죄책감이라 할 것도 없었고, 감정이 전무한 유령들이야 두말할 것 없었다.

　지하 투기장 곳곳에서 흘러나오는 비명은 끊이지 않고 계속됐다.

　'이걸로 천선이 열 좀 받겠군.'

소식을 듣고 분개할 천선을 생각하니 기분이 절로 좋아졌다.

"살려 주세요!"

마무리를 하던 도중 지하 투기장 곳곳을 탐색했는데, 그중 뇌옥에 수감되어 있던 노예들을 발견했다.

악인이 있다면 그대로 내버려 둘 생각이었지만, 그중에는 납치당하거나 억울하게 끌려온 사람들도 있었다.

"풀어 줘라."

유령들에게도 명령해서 그들을 풀어 주었다.

다들 자유가 됐다는 말에 의심하면서도 지하 투기장의 난리를 확인하곤 기뻐하면서 뇌옥을 뛰쳐나갔다.

"와아아!"

"살았어!"

"감사합니다! 감사합니다!"

그중 반은 탈출하고 싶은 마음에 그냥 사라졌지만, 몇몇은 은혜를 잊지 않고 감사를 표했다.

"슬슬 정리됐으니 반은 여기에 남아 누가 점령하지 못하도록 지키도록 해. 나머지 반은 나를 따라온다."

"존명."

동쪽이 쑥대밭이 된 한편, 서쪽은 여전히 치열한 공방전이 계속됐다.

인독종과 독사검. 누구 하나 밀리지 않았다.

독사검은 적절한 지형과 전술을 이용해 방어에 나섰고, 인독종 역시 만만치 않은 지략을 세워 싸웠다.

"크아아악!"

"아악!"

고통에 찬 비명이나 목숨을 잃는 자들이 나오는 건 평소와 다름없었지만 오늘따라 정주의 밤이 더 길게만 느껴졌다.

"뚫렸다!"

인독종 측에서 환호성이 터져 나왔다. 반면 독사검 측은 다들 얼굴이 흙빛으로 물들었다.

창수를 배치해 좁은 골목에 창을 찔러 넣어 효과적으로 막아 내고 있었으나, 지붕 위의 적이 문제였다.

인독종을 비롯한 몇몇 하오문도들이 활잡이를 처리하곤 지붕 아래로 돌파해 와 창수들을 제거했다.

"쓸모없는 것들!"

독사검이 결국 앞으로 나섰다.

"끄아아악!"

독사검의 무공은 하오문도치곤 고강했다. 절정 수준은 됐다.

하오문도 중에서 그를 막을 자는 몇 없었다. 그가 검을 휘두르자 하오문도가 추풍낙엽처럼 쓰러졌다.

"독사검. 드디어 기어 나왔나."

강능초가 독사검을 보고 이죽거렸다.

"조금 승승장구했다고 건방이 하늘을 찌르는구나."

뱀처럼 찢어진 눈매에서 살의가 흘러넘쳤다.

"지금이라도 늦지 않았다. 저것들을 물리고 홍루와 청루를 넘긴다면 목숨만은 살려 주마."

"상대할 가치도 없군."

"굳이 벌주를 택하겠다는 건가. 독사에게 덤빈 것이 어떤 의미인지 알려 주도록 하지!"

독사검이 손에 쥔 검을 떨어뜨리고, 그 대신 허리에 두른 연검을 들었다.

"하앗!"

슈아악!

독사에게서 연검이 출수됐다. 연검답게 검이 휘면서 마치 뱀처럼 구불거렸다. 먹이를 노리는 독사의 송곳니는 순식간에 인독종의 흉부를 위협했다.

"흡!"

인독종의 숨이 절로 멈췄다. 머리에서 판단을 내리기도 전에 몸이 먼저 움직여 뒷걸음질 쳤다.

그가 있던 자리에 연검이 도착했다가 번개같이 회수됐다.

"흐흐흐!"

연검은 무림에서도 보기 드문 병장기다. 검 자체가 유연하여 휘는 탓에 다루기가 무척 힘들다.

하나 그만큼 궤도를 읽지 못한다는 특징이 있어서, 일단 다루기만 한다면 그 위력은 상당했다.

"강능초."

독사검이 입술을 혀로 적시며 기분 나쁘게 웃었다.

"너에 대해서는 조금 알고 있다."

"정주에 버려진 고아가 고군분투해 살아남은 것?"

그건 누구나 알고 있는 사실이다. 정주의 밤을 살아가는 주민들이라면 어린아이도 알고 있다.

정주 출신의 하오문도가 최근 세력과 명성을 떨쳐서 그런지 비교적 알려져 있는 편이었다.

"청루에 거둬진 점소이."

강능초의 차가운 표정에도 변화가 생겼다. 비록 순간에 불과했으나, 독사검은 그 광경을 놓치지 않았다.

"홍루가 넘어간 이후로 좀 알아봤지."

독사검의 비열함과 치밀함은 하오문에서는 제일이다. 무공을 쓰기 전에 일단 책략부터 짜낸다.

그중 즐겨 쓰는 건 적의 약점을 낚아채 놓아주지 않고 천천히 소화시키는 것이다. 비소돈과 음살녀 등의 강자들은 그 음침함이 싫어 대화도 꺼린다.

"다리 밑에서 함께 동냥질하던 여아가, 청루의 포주의 눈에 들어오면서 운 좋게 같이 떠나게 됐던가?"

고아였던 강능초가 할 수 있는 건 동냥뿐이었다.

다행히 혼자는 아니었다. 다리 밑에서 자신의 처지와 비슷한 아이들이 많았다.

서로 의지고 기대면서 살아가던 도중, 독사검이 말했던 것처럼 청루의 포주가 찾아왔다.

청루의 포주는 여아들을 씻긴 다음 몇몇을 데려갔다. 가끔씩 이렇게 데려가 기녀로 키운다고 한다.

하루에 한 끼니를 걱정하는 고아들 입장에선 나쁜 게 아니었다. 숙식을 해결할 수 있으니 좋았다.

원래라면 여아들만 갔어야 하지만, 그중 한 명이 포주에게 강능초를 점소이로 써 달라고 사정사정했다.

"닥쳐라."

여태껏 냉정함을 유지하던 강능초가 반응했다.

독사검의 입가에 맺힌 미소가 더더욱 진해졌다.

"어린 시절을 함께하고, 자신을 구원해 준 기녀에게 사랑에 빠지는 건 널리고 널린 흔한 이야기 아닌가?"

결말만 이야기한다면, 사랑은 이루어지지 못했다.

기녀의 삶은 짧다. 남자의 정기를 하루에 몇 번이나 받다 보면 자연스레 폭력에도 쉽게 노출된다.

무엇보다 병에 걸리면 치료가 어려웠다.

의원을 부르는 것보다 차라리 새로운 기녀를 데려와 가르치는 것이 더 돈이 적게 들었다.

당시의 강능초는 어떻게든 해 보고 싶었지만, 현실이라는 이름 앞에선 아무것도 할 수 없었다.

시간이 지날수록 늘어나는 건 무력감이었고, 그 끝은 결코 좋지 못했다.

"눈물겨운 이야기야!"

독사검은 말과 다르게 조소를 흘렸다.

"독사검!"

역린을 건드리자 철옹성 같던 이성도 더 이상 버티지 못했다. 강능초의 눈이 분노로 돌아갔다.

강능초는 이제껏 단 한 번도 보이지 않았던 진득한 살기를 흩뿌리면서 독사검에게 덤벼들었다.

'걸려들었다!'

독사검은 웃음을 꾹 참으면서 손을 쭉 뻗었다. 손에 잡혀 있던 연검이 파도처럼 출렁였다.

뱀이 지나간 자리처럼 구불구불한 궤적을 그려 낸 연검은 강능초의 어깨를 비스듬하게 베고 지나갔다.

"크으읏!"

마치 불에 담근 쇠로 지지는 듯한 고통에 정신이 번쩍 들었다. 놓지 말아야 할 이성의 끈이 끊겼다는 걸 깨닫곤 뒤늦게 몸을 황급히 뒤틀었으나 늦었다.

독사검은 한번 잡은 먹잇감을 놓아줄 생각이 없는지 연검을 휘두르며 집요하게 공격했다.

'인독종만 처리하면 이긴 거나 다름없다!'

처음부터 눈엣가시였던 인독종을 처리하려 했지만, 수하들에게 명령을 내려도 성공하는 이가 없었다.

지붕 위에서부터 날뛸 때도 몇몇 이들을 빼내 습격을 시도했으나 한 명도 성공하지 못하고 실패했다.

어차피 적들이라 해도 하오문도 아닌가. 통솔자인 인독종만 죽는다면 오합지졸이나 다름없다.

"어어, 저거 위험한 거 아니야?"

"인독종이 당하고 있잖아!"

실제로 공방을 잇던 하오문도들이 반응을 보였다.

방금 전까지만 해도 무적이라 불리던 사굴의 침공에 성공하여 사기가 높아졌으나, 순식간에 떨어졌다.

얼굴에는 불안감이 묻어났고, 하오문도 아니랄까 봐 도망쳐야 하는 것이 아니냐는 말부터 튀어나왔다.

"시끄러워!"

"그럴 리가 없잖아!"

"큰형님을 도와야 해!"

하오문도가 구 할 이상은 의리도 없고, 삼류 잡배에 불과하지만 그래도 전원이 그런 건 아니다.

그중에는 소수지만 인독종에게 충성을 맹세한 사람도 몇 있었다. 다만 그들도 크게 영향력을 떨칠 만큼 고수는 아니었는지라 부대 전체의 마음을 움직이지는 못했다.

"형님! 도와 드리겠습니다!"

그래도 수하라고 누군가 나섰지만, 독사검이 그걸 가만히 내버려 둘 리가 없었다.

독사검이 옆으로 눈짓을 보내자, 수하들 몇몇이 빠져나와 독사검과 인독종으로 향하는 길목을 막았다.

혹시라도 인독종이 도망치려는 것을 막기 위해서 퇴로까지 완벽히 차단했다.

'틀렸나…….'

정신을 되찾았지만 어깨 탓에 전투를 속행하기가 힘들었다. 순간의 분노를 참지 못하고 실수를 저지른 행동에 후회가 들었지만 후회는 항상 늦은 법이다.

"이곳을 조금이라도 바꾸고 싶었거늘……."

마음이 약해진 탓일까. 무심코, 소망 어린 말을 중얼거린다.

태어나고 자란 고향, 정주.

그 정주가 좋으면서도 싫었다.

어릴 적, 수많은 아이들의 죽음을 보았다.

끼니를 때우지 못해 죽는 사람부터, 동냥을 하다가 기분이 나쁘다며 맞아 죽는 아이도 있었다.

점소이가 된 이후로도 주문한 음식이 늦는다면서 폭력을 받곤 했다.

사람이지만 사람으로서 취급받지 못하고, 하루의 끼니를 어떻게 처리해야 하나 고민하고 걱정했다.

현실이라는 이름에 굴하지 않고 사랑하는 사람의 이름을 품에 안은 채 독기를 머금고 살아왔다.

정신을 차리고 보니 주변에서 독종이라 불렸고, 다리 밑의 고아는 청루의 뒤를 봐주는 무인이 됐다.

이 험악한 세상에서 혼자 어찌어찌 버텨 봤으나 그것도 여기까지.

강능초는 머리를 위로 늘어뜨리곤, 달빛조차 없는 시커먼 하늘을 올려다보면서 중얼거렸다.

"나를 원망하지 않고 혼자 열심히 살아왔거늘…… 조금 정도는 도와줄 수 있지 않소?"

그 중얼거림에 답한 건 원시천존이나 부처도 아닌 사굴을 오랫동안 지배한 독사검이었다.

"흑도에서 누군가의 도움을 기대하다니, 그거야말로 네

놈의 패인이다! 나약한 자신을 원망해라!"

공력을 쏟아 낸 검이 강능초의 목젖을 노렸다.

쐐애액!

날이 선 검이 빛을 뿜어내며 날아온다.

눈으로 확인하고, 뇌리에 박히자 몸이 반응했다. 몇십여 년 동안 경계하고 긴장한 신경 탓이었다.

근육이 수축되고, 힘을 주면서 움직인다. 피를 꿀럭꿀럭 토해 내는 어깨가 움직임에 통증을 극대화했다.

'죽는 것도 편히 못 하나⋯⋯.'

머릿속에선 다리 밑에서 살아왔던 시절부터의 인생이 스치고 지나갔다. 이것이 주마등이란 것일까.

"끝이다!"

저승사자처럼 사형선고를 내리는 독사검의 목소리.

미련 가득한 감정이 치솟았지만 이미 늦었다.

그리고 검극이 목살을 파고들려는 순간.

번쩍!

"흡!"

채앵!

어디선가 날아온 비수가 독사검의 검을 후려쳤다.

목을 꿰뚫으려던 검은 살을 아슬아슬하게 스치고 옆으로 튕겨 나갔다.

강능초는 놀라움에 흡, 하고 숨을 멈췄고 독사검도 믿을 수 없는 듯 눈을 휘둥그레 떴다.

"웬 놈이냐!"

독사검은 공격을 연결하지 않고 뒤로 물러났다.

"비령……."

강능초가 서늘한 목덜미를 매만지면서 중얼거렸다.

"비령? 아, 그런 이름이었지."

그 사람은, 갑작스레 나타났다.

눈을 껌뻑이니 그곳에 원래 있던 것처럼 서 있었다.

"설마……."

독사검의 얼굴이 똥을 씹은 듯 일그러졌다.

"만나서 반갑다, 독사검. 돼지부터 처리하고 오느라 좀 늦었다."

주서천이 머리를 빙그르르 돌렸다. 뼈 소리가 요란하게 울린다.

"그리고 이제부터 너희를 죽일 거다."

*　　*　　*

정주가 발칵 뒤집혔다. 여태까지 세력 간의 싸움은 숱하게 있었지만 이 정도로 크게 난 적은 없었다.

철옹성이나 다름없었던 동쪽과 서쪽이 습격당했다.

그리고 믿어 의심치 않던 지하 투기장이 무너졌다.

한밤중에 사람들이 뛰쳐나오고, 무음사자가 비소돈의 목을 벤 사실이 소문이 되어 발 빠르게 퍼졌다.

그리고 주서천이 의도했던 대로, 이 소식이 알려지자마자 하오문주 천선의 무거운 엉덩이가 움직였다.

"이게 도대체 뭔……."

천선의 얼굴은 볼 것도 없이 일그러져 있었다.

다툼 정도야 늘 있는 일이다. 비소돈의 권좌에 도전하는 것이 흔한 것은 아니지만 가끔 있었다.

애초에 비소돈 역시 십여 년 전에 이젠 이름도 기억나지 않는 자에게 승리하여 자리를 빼앗지 않았나.

그러나 들려온 소식은 예상과는 동떨어져 있었다.

"도대체 얼마나 난리를 친 거야?"

가슴속에서 치솟는 분노를 참을 수 없었다.

천선을 진정 분노하게 만드는 건 바로 피해였다.

무음사자는 살인에 굶주린 악귀처럼 하오문도를 살려 두지 않았다. 무자비하게 목숨을 앗아 갔다.

신기하게도 주민이나 고객은 건들지 않았다. 목숨을 잃은 건 구 할 이상이 비소돈의 수하들이었다. 전쟁에서야 그러는 것이 보통이지만, 하오문에서는 아니다.

하오문은 보통 따르던 우두머리가 사망할 경우 뒤도 돌아보지 않고 도망치거나 고개를 숙여 항복한다.

그들에게 의리 따위 존재하지 않으며, 위광을 두를 수 있는 사람이 누군지는 그다지 중요치 않다.

덕분에 머리가 바뀌어도 큰 변화는 없다. 어차피 그 머리도 수족으로 삼으면 그만이다.

평소처럼 정보의 수집에도 문제가 없고, 지하 투기장에서 흘러나오는 시커먼 돈도 큰 변동은 없었다.

도전자나 지하 투기장의 주인도 이를 잘 안다.

어차피 믿음이라곤 눈곱만큼도 없는 수하들이다. 과거에 누구 밑에 있었든 상관없었다.

몇몇을 제외하곤 자기 밑으로 흡수할 예정이니 굳이 무리해서 처리하려고 하지 않았다.

그런데 그걸 전부 무시했다. 이렇게 되면 천선 입장에서는 굉장히 성가시고, 짜증 나는 일이었다.

천선의 무거운 엉덩이가 움직였다.

강능초는 어안이 벙벙한 얼굴로 중얼거렸다.

"무음사자……?"

방금 전에 일어난 상황보다 시선 끝에 있는 낯익은 등을 보고 이해가 안 가는 표정을 지었다.

"왜 여기에 있지?"

머릿속의 의문은 곧장 입 바깥으로 나왔다.

비소돈을 맡겠다며 지하 투기장으로 가지 않았나?

"무음사자?"

독사검의 얼굴도 일그러졌다.

정보와 전략을 중시하는 그가 무음사자란 전력을 빼놓을 리는 없었다. 그의 존재는 알고 있었다.

하지만 동쪽을 습격한 사실은 몰랐다. 애초에 오늘 일이 벌어진 지 고작 한 시진이 지났을 뿐이다.

'시간이 지나도 나타나지 않아서 어디에 숨어 있거나 혹은 문제가 생겼나 싶었는데, 그게 아니었나.'

무음사자의 명성은 익히 들었다.

강호의 소문은 과장된 면이 있다고 하지만, 이곳 하오문에선 그런 소문조차 조심해야 한다.

"일을 전부 끝냈으니까."

주서천이 목을 한 바퀴 돌리면서 답했다.

"뭐라고?"

도저히 믿을 수 없는 대답에 강능초가 황당해했다.

아직 한 시진이 조금 지났을 뿐. 그런데 그 짧은 시간 동안 동쪽의 지배자를 제압했다니…….

무음사자를 완전히 믿지 못하는 건 아니다. 적어도 그는 헛말은 하지 않는다.

하지만 이건 너무 터무니없지 않나. 자신이 믿던 수준은 비소돈의 수하들 몇몇을 암살한 정도다.

애초에 임무 자체를 크게 기대하지 않았다. 사굴을 치는 동안 돼지들의 움직임을 막아 주는 수준이었다.

짧은 시간 동안 몇 번이나 고민했지만 시원할 만한 대답이 나오지 않았다.

강능초가 고민의 답을 내기에는 상황이 그다지 여유롭지 못했다.

"최근 소문이 자자한 무음사자가 아니오? 만나 뵙게 되어 영광이오."

독사검이 태연스럽게 인사를 건넸다.

"무음사자!"

"어떻게 되는 거지?"

치열하게 이어지던 공방도 잠시 멈췄다. 좌중의 시선이 한곳으로 몰렸다.

"참으로 잘됐군. 이 독사검, 무음사자와의 만남을 고대하고 있었소."

독사검이 잠시 검을 내려뜨리고 말을 걸었다.

"날?"

주서천이 고개를 갸웃거렸다.

"그렇소. 무음사자 정도 되는 절대의 고수가 어째서 애송이를 돕는지 이해가 안 가서 말이오."

독사검은 입꼬리를 살짝 올려 기분 나쁘게 웃었다.

'내 편으로 만들어야 한다.'

무음사자가 정주에서 손에 꼽는 고수인 건 부정할 수 없다. 그러니 웬만하면 적으론 두지 말아야 한다.

사실 그 전에 접촉하여 회유하고 싶었지만, 행적이 워낙 불분명하여 시도할 수가 없었다.

"원하는 것이 있다면 말만 하시오. 이래 봬도 이 정주, 아니 흑도에서 다섯 손가락 안에 드니까."

독사검이 자신감 있게 웃으며 콧대를 세웠다.

"하하."

주서천이 아니라 강능초가 대신 웃었다. 명백한 비웃음이었다.

"원하는 것이 있다면 말만 하라고?"

방금 전까지만 해도 황당과 의문으로 심각했던 강능초가 재미있다는 듯이 웃었다.

하오문에서 아무리 잘나 봤자 하오문이다. 문주가 아닌 이상 그 힘은 유령곡과 비교할 게 아니다.

"방금 전까지 염라대왕을 보고 온 놈이 말이 많구나. 뒈지고 싶지 않으면 닥치고 있는 게 좋을 거다."

"그것참 미안하군."

상황이 재미있지만, 솔직하게 답하는 건 무음사자의 정체를 알려 주는 일이니 입을 다물기로 했다.

"내 밑, 아니 나와 함께한다면 부귀영화를 약속하겠소. 어쩌면 그대의 힘이라면 흑도의 영원한 이인자가 될 수 있을 거요."

"일인자가 아니라 이인자인가?"

"일인자는 포기하시오. 하오문주는 사람이 아니요. 아무리 그대여도 감히 넘볼 수 없을 거외다."

독사검은 하오문주, 천선의 힘을 엿봤다. 그렇기에 그게 얼마나 변칙적인지 잘 알고 있다.

'천하 모두가 속고 있다. 흑도라고 무시당하는 하오문주는 능히 천하백대고수 중에서도 열 손가락이다.'

한때 어리석게도 문주의 자리를 넘봤으나, 그 힘을 맛본 뒤로는 깔끔하게 포기했다.

"나와 그대라면 하오문주의 오른팔과 왼팔이 될 수 있으니 잘 생각해 보……."

"그럴 생각 없다. 아무리 그래도 정파인이 흑도의 오른팔이나 왼팔이 될 수는 없지 않나."

"……?"

정파인이라는 말에 독사검은 물론이고 강능초조차 고개

를 옆으로 기울였다.

주서천은 어깨를 으쓱이곤, 볼일 다 봤다는 듯이 태세를 정비하면서 비수에 쥔 손에 힘을 주었다.

"만나서 반가웠다, 독사검."

"자, 잠깐만 기다리시오."

독사검이 당혹스러운 표정을 지었다. 그러나 겉과 다르게 속은 냉정했고, 역습의 준비를 하느라 바빴다.

'아무리 무공에 자신 있다곤 하지만, 자객이 혼자 와선 몸을 당당히 드러내다니. 참으로 멍청하도다!'

입 바깥으로 비웃음이 튀어나올 뻔한 걸 참았다. 이렇게 역공해서 승부를 쥔 적이 한두 번이 아니다.

실제로 수하들만 알아보는 눈짓과 손짓으로 비밀스레 명령을 내리자, 익숙한 듯 공격의 준비를 했다.

아무렇게나 위치해 있던 것 같은 수하 몇몇이 주서천을 향해 조금씩 움직여 포위했다.

"독사검."

주서천이 심드렁한 어조로 그를 불렀다.

독사검이 은근슬쩍 돌리던 눈동자를 멈추고, 시선을 마주 보던 곳으로 옮겼다.

그러자 주서천은 손목을 튕겨 비수를 던졌다. 다만 그 방향은 정면이 아닌 지면이었다.

지면에 비수가 박히면서 자갈이 튄 것을 본 독사검의 얼굴에 의문이 묻어났다.

"암습이란 건 자고로 상대가 눈치채지 못하도록 은밀하게 움직여야 하는 것을 기본으로 한다."

독사검이 눈썹을 구부렸다가 이내 외쳤다.

"눈치챘다! 쳐라!"

파바밧!

정확히 열 명의 무인이 몸을 날렸다. 그들 전부 나름 암습에는 자신이 있었다.

그러나 그래 봤자 하오문이다. 자객방, 그것도 천하제일에 꼽히는 유령에 비해선 태양 앞 반딧불이었다.

뒤늦게 강능초가 위험하다면서 소리를 질렀으나 주서천은 듣고도 꼼짝도 하지 않았다.

소매 안에 숨겨 두고 있는 비수도 나오지 않았고 신묘한 움직임으로 피하지도 않았다.

그저, 속삭이듯이 말했다.

"이렇게."

시간이 느릿하게 흘러간다. 너무 느려서 마치 세상이 멈춘 것 같았다.

한 사람을 노리고 몸을 던진 열 명. 각자 병장기를 꼬나쥐고 험악한 얼굴로 내공을 끌어내고 있었다.

그러나 그 순간, 이변이 벌어졌다. 눈을 감았다 뜨자 그들의 뒤로 사람들이 나타났다.

눈은 천으로 가리고, 몸에 딱 달라붙으며 면적이 좁은 옷차림이 특징적이었다.

"뭔……."

팟!

암습을 시도한 하오문도의 목에 혈선이 그어졌다.

마치 거울을 마주한 것처럼, 목에 혈선이 그어지는 순간은 한 치의 오차도 없이 동시에 벌어졌다.

푸슈숫!

외마디 비명을 흘릴 틈도 없었다. 앗, 하는 사이에 목에서 피가 뿜어져 나와 안개처럼 흩어졌다.

"……."

좌중이 침묵했다. 아니, 반응할 수 없었다.

눈으로 좇기는커녕 기척도 느낄 수 없었다. 갑자기 나타났다가 사라지니 귀신에 홀린 기분이었다.

그리고 암습을 노렸던 장본인은 터져 나오려는 비명을 가까스로 참아야만 했다.

'유, 유령곡!'

눈치채지 못했다. 아니, 눈치챌 수 없었다.

유령곡이야 워낙 실체가 없는 곳으로 유명하기도 하고,

무엇보다 그런 거물들이 올 리 없지 않은가.

추측의 가능성조차 전무했다. 그러나 방금 전 벌어진 상황과 암습이라는 말에 가까스로 눈치챘다.

'모른 척해야 한다!'

의뢰인조차 모른다는 신비의 자객방.

그동안 비밀을 어찌 유지해 온 것인지 대충 짐작이 갔다.

시체는 말이 없는 법.

독사검의 상황 판단은 빨랐다.

"대인!"

더 이상 흑도의 일이라고 부르기에도 힘들다. 하오문의 영역에서 벗어난 일이었다.

독사검은 주변의 수하들의 시선에도 아랑곳하지 않고 제자리에 부복하여 빌었다.

"제가 어리석게도 대인을 몰라뵀었습니다! 부디 목숨만은 살려 주십시오!"

하오문주도 두렵지만 유령도 두렵다. 여기에서 괜한 반항을 부렸다간 어떻게 될지는 안 봐도 뻔하다.

'독사검이 졌구나!'

사굴의 하오문도들이 동요를 보였다.

'어떻게 해야 하지?'

'도망쳐? 아니면 항복해야 하나?'

'무음사자는 자비가 없다던데……'

지도자의 굴욕 어린 항복 따윈 상관없었다. 애초에 충의가 없었으니 실망감도 없었다.

중요한 건 도망치느냐, 아니면 굴복하느냐다.

다만 간단히 선택할 수 없는 문제였는데, 어떤 자는 패자의 수하를 전부 죽이거나 노예로 만들고 어떤 이는 대표로 삼을 만한 몇몇만 본보기로 죽였다.

후자라면 새로운 기회와 이득을 챙길 수 있지만, 전자라면 그냥 죽는다.

그렇다고 그냥 도망치면 척살을 당할 가능성이 있다. 실제로 그런 일이 있었다.

좌중이 침묵하고 긴장했다. 머리 돌아가는 소리가 들린다.

"끝났다."

주서천이 머리를 한 바퀴 돌리곤 물러나 강능초의 뒤로 돌아갔다.

주변의 시선이 무음사자에게서 강능초에게로 옮겨졌다.

'사굴의 새로운 지도자!'

'독사검이 인독종에게 졌구나!'

목숨 줄을 쥐고 있던 사람이 바뀌었다.

방금 전까지 고민하고 있던 하오문도들이 병장기를 슬그머니 내리면서 눈치를 봤다.

사신보다는 독종이 나았다.

"살려 주시오, 인독종. 그대 곁에서 보좌를 설 기회를 주시오. 사굴이 익숙하지 않아 힘들 거요."

강자가 살아남는 게 아니다. 살아남는 게 강자다.

설사 무공이 약할지라도 입장상 인독종이 유리했다. 그의 뒤에는 무시무시한 유령이자 사신이 있었다.

인질을 삼아 볼 생각도 해 봤지만 곧장 포기했다. 눈에 보이지도 않는 괴물이 앞에 있는데 뭘 하는가.

"살려 주십시오, 대인!"

"인독종 님을 몰라뵀습니다!"

"목숨만 살려 주십시오!"

채앵.

챙그랑!

병장기들이 바닥으로 떨어지며 시끄러운 소리를 냈다. 사굴에 붙었던 하오문도들이 항복했다.

"독사검."

"예, 대…… 컥!"

인독종의 발끝이 독사검의 복부에 꽂혔다.

"숨긴 재산이 있다면 빠짐없이 말하는 게 좋을 것이다. 그렇지 않으면 편히 죽지는 못할 테니까."

第四章
하오문주(下汚門主)

　유난히 길었던 정주의 밤이 끝났다. 아침이 밝자 정주는 밤에 있었던 이야기뿐이었다.

　"어젯밤 소식은 들었나?"

　"그 난리를 피웠는데 모를 리가 있나. 지하 투기장과 사굴 전부 인독종의 손에 떨어졌다며?"

　"설마하니 하룻밤 사이에 비소돈과 독사검이 당할 줄은 몰랐네. 내 친척이 어제 지하 투기장에 있었는데 보통 난리가 아니었다더군. 비소돈은 물론이고 그 수하들조차 목숨을 부지할 수 없었다고 들었네."

　"도대체 어떻게 하룻밤 만에 서로 반대 방향에 있는 곳을 처리했지? 인독종이 음살녀와 손을 잡았나?"

"아니. 목격자들에 의하면 무음사자, 그리고 그가 데려온 자객들이 쑥대밭으로 만들었다고 하더군."

"허어!"

어젯밤에 대한 소문이 정주 전체에 파다했다. 심지어 그 소식은 정주를 넘어서 하남으로 퍼졌다.

이후 중원 무림 전체에 퍼지는 건 그다지 오랜 시간이 걸리지 않았다.

하나 무림 전체에서 보면 그다지 큰 화제는 되지 않았다.

"그래 봤자 삼류밖에 없는 잡배들 아닌가."

"쓰레기들 정리하는 데 얼마나 걸린다고."

"무음사자? 하하. 과한 별호로군."

"삼류들밖에 없으니 기척을 못 잡는 건 당연하지. 비소돈이나 독사검도 대단해 봤자 절정이 아닌가."

정도와 사도, 마도에선 반응이 미적지근했다. 다들 코웃음을 치면서 별거 아니라며 넘어갔다.

그것보다는 혈근경 사건 이후 매서워진 분위기가 더 중요했다.

흑도는 흑도. 제대로 취급조차 못 받는 세계다.

화제가 되는 건 어디까지나 흑도. 그리고 하오문의 중심부인 정주 사람들 정도였다.

여하튼, 이튿날이 밝자마자 강능초는 잠 한숨 자지 않은 채로 잔존 세력을 흡수하는 데 힘썼다.

지하 투기장은 힘쓸 것도 없었다. 주서천이 그 잔당을 전부 소탕해서 손쉽게 이루어졌다.

사굴의 경우도 조금 시간이 걸리긴 했으나 어렵진 않았다. 권좌의 교체에 곧장 순응하며 흡수됐다.

독사검은 지하 뇌옥에 갇혔다. 재물의 위치를 전부 토해 내게 만들기 위해서 고문을 가했다.

그리고 이 일이 있은 직후 하오문에서 한 사람이 움직였다.

암천회의 천선성, 하오문주였다.

선홍 빛깔을 띠는 아지랑이가 피어오르며 앞이 안 보일 정도로 방 안을 가득 메웠다.

침실의 위쪽에선 실오라기 하나 걸치지 않은 남자들과 여자들이 뒤섞여 널브러져 있었다.

머리가 아찔해지는 향기의 속, 천선에게서 차디찬 분노가 흘러나왔다.

"도대체 이게 뭔……."

천선의 입장에선 날벼락이나 다름없는 일이었다.

최근 신흥 강자로 떠오른 인독종이 근시일 내로 삼인방

의 권좌에 도전할 것은 대충 예상했다.

그 행위는 별로 문제가 되지 않는다. 일상처럼 있는 일이고, 과거에도 몇 번 있었다.

비소돈과 독사검이 그랬고, 음살녀도 마찬가지였다.

세 사람 모두 전에 있던 강자이자 수족을 죽였다.

딱히 수족을 죽인다고 해도 화내진 않는다.

사람이야 바꿔 쓰면 그만이고, 반대로 약자가 아니라 강자라면 그것을 환영하면 환영했지 싫지는 않았다.

전처럼 제안을 하면 되는 것이고 그걸 거부하면 죽이면 된다. 그러면 새 사람이 나타나 수족이 된다.

그리고 이런 과정 중 도전자들에겐 공통점이 있었는데 바로 수입원의 피해를 최소화한다는 점이었다.

동쪽의 지하 투기장, 서쪽의 암시장, 남쪽의 환락가.

이곳에서 벌어들이는 수익은 적지 않다. 어차피 권자를 얻으면 이 수입원도 들어오기에 건들지 않았다.

황금 알을 낳는 거위를 고생해서 얻었는데 괜히 싸웠다가 제 기능을 내지 못하면 아깝지 않은가.

적의 밑에 있던 하오문도도 마찬가지인 이유로 운영을 위해 자기 수하로 만드는 데 힘썼다.

그래서 언제나 있는 일이라며 대수롭지 않게 여겼다. 내부의 일보단 외부의 정보 수집이 중요했다.

"이 버러지 같은……!"

그러나 문제가 생겼다.

사굴의 암시장은 형편이 좀 나았지만, 지하 투기장은 아니었다. 완전히 쑥대밭이 됐다.

평소 연줄이 있던 관리에게서 이번에는 심했다며 쓴소리가 나왔고, 여러모로 안 좋은 소리가 나왔다.

영구히 잃은 것은 아니나 치안이 좋지 않으니 큰손인 손님들의 발걸음이 당분간 끊길 터.

그로 인한 손실도 위가 아프지만, 정보원으로 쓰던 비소돈의 인력도 전부 잃어 짜증이 치솟았다.

'이 일이 해결되기 전까진 보고를 올릴 수 없어.'

그렇지 않아도 계속된 실패로 분위기가 좋지 않다.

'어차피 대단한 일도 아니니 바로잡는 게 먼저다.'

문제 자체는 크지 않았다.

사람이야 다시 구하면 그만이고, 지하 투기장 자체도 괴멸한 게 아니니 시간이 지나면 복구된다.

신경 쓰이는 건 계속된 실패로 신경이 잔뜩 곤두 선 암천회주와 천기였다.

그 심기를 되도록 건들고 싶지 않아 선조치 후 보고할 생각이었다.

'일단 인독종의 수완이 나쁘진 않으니 복구하도록 내

버려 둬야겠구나. 빠르게 처리한다면 손가락으로 끝내 주
마.'

*　　　*　　　*

요 일주일 동안 강능초는 동서를 완벽하게 흡수하는 것
에 성공했다.

하룻밤 만에 역사를 이룬 압도적인 실적만큼 좋은 건 없
었다. 하나같이 그를 두려워했다.

세간에선 혹시 인독종이 하오문주의 자리까지 넘보는 것
이 아니냐는 말이 조심스레 나왔다.

다만 오랫동안 군림했던 하오문주가 무서워 다들 속으로
만 삼킬 뿐 입 바깥으로는 꺼내지 않았다.

그리고 이틀 뒤, 인독종의 이름 앞으로 한 장의 서신이
도착한다. 발신은 삼인방 중 한 명인 음살녀였다.

"축하한다면서 연회에 초대하겠다고 하는데, 초대된 건
나 혼자가 아니다. 네 이름도 있더군."

강능초가 서신을 받자마자 주서천에게 건넸다.

서신의 내용 중에는 무음사자의 이름도 껴 있었다.

"어디로?"

"남화루(南火樓)."

음살녀의 영역에 있는 남쪽은 환락가다.

청루와 홍루가 정주에서 제일가는 기루라 한다면, 그 외의 기루는 남쪽의 환락가에 밀집되어 있다.

그중에서도 청루와 홍루와 견줄 정도의 기루가 있는데, 그게 바로 남화루다.

"함정이 의심된다면 연회 장소를 이쪽에서 정해도 상관없다고 하는데, 어찌하겠나?"

"굳이 그럴 필요는 없지. 우리 쪽에서 간다."

강능초가 고개를 끄덕였다.

남화루.

타오를 듯이 붉고 화려한 전각이 눈에 띄었다. 정주의 환락가 중에서도 유난히 밝다.

한 층당 일 장을 좀 넘는 높이가 십 층으로 이루어져 있어 멀리서도 잘 보이는 편이었다.

주서천과 강능초는 날이 어두워지자마자 남화루로 향했다.

미리 기별을 받은지라 오늘 남화루에는 손님이 없었다. 문을 열고 들어서자 기녀들이 둘을 맞이했다.

"어서 오십시오. 호위 분들은 어디 계십니까?"

"한 사람뿐이다."

강능초의 대답에 기녀들과 종업원들이 놀랐다.

'정말로 대단한 자신감이구나!'

'자신감을 넘어서 미친 게 틀림없다.'

'환락가는 루주님의 영역. 그것도 음살녀가 기거하는 곳에 호위를 한 명밖에 데려오지 않다니……'

'설마하니 인독종과의 동맹이 거진 체결된 걸까?'

사람들은 속으로 가지각색의 반응을 보였다.

하지만 누구 하나 말로 꺼내지 않고 기색으로도 보이지 않았다. 다들 두려워하는 눈치였다.

만약 옆의 호위가 무음사자란 걸 알게 된다면 놀라 까무러쳤을 것이 틀림없었다.

"이쪽으로 오시지요."

기녀에게 안내를 받아 계단으로 향했다. 올라가면 올라갈수록 장식도 화려해졌다.

손님들이 없었기에 최상층인 십 층에 금세 도착했다.

"루주님. 손님들을 데려왔습니다."

"어머나. 호호호. 오셨군요?"

낮은 웃음소리가 들리며 미닫이문이 열렸다.

문이 열리자 이제 막 서른이 되어 농염한 미색을 풍기기 시작한 미인이 앉아 있었다.

"소문으로만 듣던 인독종과 무음사자를 뵙게 되어 영광

이옵니다."

무음사자라는 이름에 안내해 준 기녀가 몸을 흠칫 떨었으나 금세 원래대로 돌아와 평정을 되찾았다.

어떠한 사내도 오지 못했다는 남화루의 최상층에 도착한 주서천과 강능초는 적당한 곳에 앉았다.

"일단 대화를 나누기 전에 연회의 준비부터 해야지요. 금방 끝나니 걱정 마시길 바랍니다."

음살녀가 오른손을 들자 옆의 문이 열리면서 기녀들이 쪼르르 들어왔다.

열 살 무렵의 소녀부터 시작해서 서른 살 무렵의 미부인까지 있었는데, 하나같이 미색이 뛰어났다.

그녀들은 진수성찬이 올라온 상을 들고 와 앞에 조심스레 두며 눈웃음을 보냈다.

"대인~"

"너무 멋있으셔요."

하나같이 사내들의 정신을 혼미하게 만드는 기녀였다. 뽀얀 피부만큼 목소리도 고왔다.

그중에는 건강하게 그을린 피부의 기녀도 있었는데, 그뿐만 아니라 다양한 개성으로 가득했다.

"자아, 일단 한 잔 받고 시작하지요."

음살녀가 눈웃음 지으며 사근사근한 목소리로 말했다.

"대인, 얼른 받으세요."

"남화루에서 자랑하는 명주랍니다."

곁에 바싹 붙어 앉은 기녀들이 술잔을 건넸으나 주서천도 강능초도 목석처럼 꼼짝하지 않았다.

옆에서 옷을 보란 듯이 흘러내리며 유혹했지만, 둘 중 누구도 움직이지 않았다.

"음살녀."

주서천이 음살녀를 노려보듯이 쳐다봤다.

"괜한 시간 소비하고 싶지 않으니 본론으로 들어가자."

"그대가 최근 이름을 알리신 무음사자시군요."

음살녀가 소매로 입가를 가리며 차갑게 웃었다.

"괜한 시간이라뇨. 사신께선 이곳이 왜 남화루라 불리는지 아시나요?"

"관심 없다."

"몸도 마음도, 모조리 태워 버리기 때문이지요. 사내라면 결코 잊을 수 없는 밤을 보낼 수 있답니다. 원하는 취향이 있다면 말씀해 보세요. 전부 맞춰 드리죠."

"하오문주가 내 취향이야."

"……."

음살녀의 입가에서 능글맞았던 웃음이 사라졌다.

"그분을 모욕하지 않는 것이 좋을 겁니다."

"그러니까 본론으로 들어가자. 나 바쁘다."

"마찬가지다. 음살녀."

강능초가 동조했다.

'이 건방진 것들이……'

음살녀가 입술을 질끈 물어뜯었다.

특히나 얼마 전까지 별거 아니었던 인독종이라는 애송이에게까지 무시 받는 게 참을 수 없었다.

'가슴만 조금 보이면 발정 난 개새끼처럼 꼬리를 흔들 주제에…… 문주의 명령만 아니었다면 진작 내 밑에 깔고 그 건방진 혀부터 뽑았을 게다.'

살의 어린 충동을 겨우겨우 참아 냈다.

"그렇게까지 말씀하시니 본론으로 들어가도록 하지요."

방금 전까지 애교를 부리던 기녀들이 허리를 숙이며 물러났다. 나가지는 않고 벽 앞에 붙어 앉았다.

"사실 여러분을 부른 것은 연회가 아니라 하오문주께서 전하실 말씀이 있어서랍니다. 아실지 모르나, 그대들이 죽인 돼지와 독사는 본래 저까지 합하여 하오문주님의 수족이었습니다."

"그래서?"

"먼저 오해할 것 같아 말씀드리지만, 그들을 죽인 것을 탓하려고 부른 것이 아니에요. 하오문, 아니 흑도에서 약자는 죽기 마련이지요. 두 사람을 부른 건, 그 자리를 비소돈과 독사검 대신에 이어받지 않겠냐는 제안을 하기 위해서입니다."

"흠."

강능초가 턱을 긁적였다.

"선배로서 충고하건대, 괜히 어리석은 자만에 빠지지 말고 받아들이는 게 좋을 거랍니다."

과거의 삼인방 모두 권좌에 오르자 제안을 받았다.

당연히 뭔 헛소리냐면서 코웃음 쳤고, 얼마 지나지 않아 자신들이 얼마나 주제넘었는지 깨닫게 됐다.

"하오문주께선 모습을 드러내지 않으시지만……."

"관심 없다."

두 사내가 약속이라도 한 듯 동시에 답했다.

"너희 사귀니?"

그걸로 음살녀의 인내심도 끊겼다. 얼굴이 걸레짝처럼 일그러졌다.

"그리고, 모습을 드러내지 않긴 뭘 안 드러내."

두근. 두근. 두근.

심장이 뛴다. 몸이 흥분으로 잔뜩 힘이 들어갔다.

입가엔 비틀린 미소가 번졌다.

음살녀가 뭔 소리냐고 물어보려다가 입을 닫았다. 그 눈에는 '어떻게?' 라는 의문이 묻어났다.

주서천은 제자리에서 천천히 일어나 고개를 왼쪽으로 돌렸다. 그 시선 끝에는 앉아 있는 기녀가 있었다.

"……풋."

묘령의 미녀가 입가를 가린 채 웃음소리를 흘렸다. 피부가 눈처럼 새하얗고 소매가 유난히 길었다.

외관만 보자면 방년의 처녀이나 신기하게도 미부인만큼 농염한 색기가 흘러나왔다.

"푸후후…… 깔깔깔!"

'찾았다.'

암천회의 천선성, 하오문주.

그녀에 대해 알려진 건 그다지 없다. 정보를 관할하는 만큼 자신에 대해서 숨기는 것도 능숙했다.

알려진 것이라곤 하오문주이며 대단한 미녀라는 것. 그리고 무공 정도였다.

"아가야, 잘도 눈치챘네."

하오문주 천선이 요염하게 웃으며 말했다. 그 말에 놀란 건 주변에 있던 기녀들이었다.

"무음사자라고 해 봤자 어차피 흑도의 수준이라 생각해서 우습게 봤는데, 생각보다 제법이야."

천선이 제자리에서 일어나 발걸음을 옮기자, 음살녀가

자리에서 일어나 옆으로 비켜서서 부복했다.

그때까지만 해도 기녀들은 멍하니 있다, 뒤늦게 무언가를 깨달으며 놀란 표정을 지었다.

"원래라면 지하 투기장을 엉망으로 만든 대가로 사지를 찢으려 했는데……."

천선은 장죽(長竹)을 꺼내 입에 물고 불을 붙였다.

"후아아……."

두툼한 입술 사이에서 탁한 연기가 흘러나왔다.

"생각이 좀 바뀌었어."

"어떻게?"

"초절정인 줄 알았지만, 화경을 앞에 둔 정도일 줄은 몰랐지. 아무리 대충 숨긴 것이라지만 나에게서 위화감을 느꼈다는 건 보통이 아니니까. 칭찬할게."

"화, 화경……."

음살녀가 깜짝 놀라 자기도 모르게 중얼거렸다.

거의 평생을 매달려 절정에 겨우 오른 그녀 입장에서 화경이란 경지는 까마득했다.

기껏 대단해 봤자 초절정을 앞두는 정도라고 생각했는데, 알고 보니 상상 이상이었다.

화경을 앞두었다면 이름만 알려져 있지 않지 천하백대고수 안에 능히 들어간다는 의미였다.

"나는 의외로 관대한 사람이야. 너희가 최근에 사업장을 망친 건 괘씸하지만, 능력을 봐서……."

"하하."

무심코 웃음이 튀어나왔다.

"왜 웃니?"

천선이 입가에 웃음을 머금은 채 물었다.

그러나 그 눈은 웃고 있지 않았다.

"그 웃음이 납득할 만한 이유라면 넘어가 주겠지만, 그렇지 않으면 후회하게 될 거야."

"아니, 생각보다 할 만할 것 같아서."

"설마하니 천장에 숨겨 둔 것들을 믿는 건 아니지?"

가늘게 떠진 눈 사이로 섬뜩한 빛이 흘러나왔다.

주서천은 대답 없이 천선과 눈을 마주 봤다.

천선도 말없이 주서천은 가만히 노려봤다.

시간이 천천히 흘러간다. 맥박 소리가 들려온다. 누군가의 이마에서 땀방울이 흘러 천천히 떨어졌다.

그리고 뚝, 하고 떨어진 순간 천선의 눈이 감겼다.

파앙!

주서천은 그 순간을 놓치지 않았다. 소매에서 흘러내린 비수를 기다렸다는 듯이 쏘았다.

비수의 날이 대기에 구멍을 뚫으며 긴 궤적을 남겼다.

그리고 표적의 목에 닿으려는 순간.

멈춘 것이나 다름없던 시간이 원래대로 돌아오며, 천선이 손에 쥔 장죽으로 비수를 후려쳐 튕겨 냈다.

휘리릭!

튕겨져 나간 비수가 허공에서 회전했다. 그 아래로 주서천이 지면을 박차고 몸을 날렸다.

"강능초!"

그 이름을 불렀을 때, 강능초는 이미 일어나 허리춤에 매달고 있던 검을 뽑아 들었다.

"음살녀는 맡긴다!"

쿠웅!

천선에게 향하는 길목 위에 있던 천장이 갑작스레 꺼졌다.

칼로 벤 것처럼 깔끔하게 잘린 구멍에서 나온 건 한동안 쓰지 않았던 월오삼검, 태아를 든 소령이었다.

앞으로 쏘아져 나간 주서천은 소령에게서 태아를 건네받으면서 기다렸다는 듯이 전력을 쏟아 냈다.

우르릉!

벽력과도 같은 고함이 터져 나온다.

그다음으로 단전에서 쏟아져 나온 기가 응집해 강기를 만들어 냈다.

그야말로 찰나. 동시에 강기가 격렬하게 회전하며 진동하는 것처럼 웅웅 소리를 토해 내며 날뛰었다.

'천선!'

유령들 가라사대, 암살에서 중요한 건 적을 방심시키고 속이는 것이라 하였다.

의도를 들킨 순간 암살이 실패한 것이니 적의 시선을 돌리거나 혹은 완벽히 숨기라고 조언했다.

그래서 일부러 처음 만난 순간부터 속이고 속였다.

정보를 관할하고 중요시하는 천선이라면 반드시 무음사자에 대해 조사할 것이다. 그런 그녀에게 기다리고 있는 건 무음사자가 '자객'이라는 정보. 여기에서부터 시작된다.

천선이 상천십좌, 아니 검마 정도만 됐어도 경지가 알려져 통하지 않았겠지만 그 정도는 아니었다.

화경에 가까운 초절정의 자객. 그 정보를 주입시키고 확신시켰다. 그리고 천장에 유령들을 숨겨서 비장의 수를 준비한 것처럼 허초로 만들었다.

'할 만한 것 같다고?'

헛소리!

암천회가 얼마나 무서운지 안다. 칠성사 수뇌의 치밀함과 강함 또한 똑똑히 알고 있었다.

그들을 얕보는 순간 패배한다. 그걸 명심하고 있었기에

몇 번이나 생각하고 생각해서 계획을 세웠다.

'자하!'

모든 걸 속여서, 일격에 끝낸다.

'개벽!'

회전하는 강기를 머금은 검이 쏘아진다. 그 경로에 있는
공기가 터지고 찢어지면서 성난 소리를 낸다.

그리고 그 검극을 코앞에 둔 천선은 놀랍게도, 머리로 이
해하기도 전에 몸이 반응했다.

'뭔……!'

천선의 섬섬옥수가 재빠르게 올라온다. 손끝에서부터 손
목이 창백할 정도로 흰 게 특징이었다.

위험을 감지하고 반응한 신체는 코앞까지 다가온 강기를
받아칠 수 있도록 강한 힘을 뿜어냈다.

콰―앙!

머리가 울릴 만큼의 굉음이 터졌다.

동시에 강기와 강기가 부딪치면서 충격파를 만들었다.
그 힘의 여파는 파도가 되어 주변을 슥 훑었다.

"꺄아앗!"

벽에 서 있던 기녀들이 충격파를 이겨 내지 못하고 날아
가 바닥을 볼썽사납게 구른다.

불행하게도 그 여파는 아직 끝나지 않았다. 희미하게 자

색을 띠는 검강과 눈부실 정도로 흰 백색의 장강이 마주한 채로 주변을 엉망진창으로 만들어 간다.

"……!"

천선의 눈이 화등잔만 해졌다.

머릿속에 스쳐 지나가는 화산파의 신공보다는 검극에서부터 뿜어져 나온 무식한 공력에 대경했다.

입으론 신음이 절로 흘러나온다. 머릿속에선 의문과 불신이 동시에 떠올랐다.

'말도 안 돼!'

천선은 묘령으로 보이지만 실제 연령은 훨씬 많다.

화경에 오르면서 노화가 늦춰진 것도 있지만, 음살녀처럼 주안술과 색공을 수련했기 때문이다.

정기를 빨아들여 목숨을 빼앗은 남자들의 숫자만 해도 네 자릿수를 가뿐히 뛰어넘는다.

실제로는 상천십좌와 동시대에 살았던 노파이며, 그만큼 쌓은 내공량도 보통이 아니다.

무엇보다 암천회에 입회한 뒤로는 영약이나 정기 등을 끊임없이 지원받아 일반적인 수준을 넘겼다.

그런데 이게 도대체 무슨 일인가!

아무리 급하게 끌어 올렸다고 한들, 상천십좌가 아니라면 대응할 수 없는 내공량을 받아쳤다.

아니, 받아치는 걸 넘어서 밀어내고 있다.

그 사실이 경악게 했으나, 놀라고만 있지 않았다.

"이익!"

오른손을 위로 쳐올렸다. 장강에 맞닿던 검강도 그 힘에 이끌려 방향을 꺾었다.

미간을 노리던 검극은 최초로 전력을 쏟았음에도 불구하고, 백색의 벽을 전부 뚫지 못하였다.

힘을 급격하게 끌어 올린 천선의 입에서 신음이 흘러나왔다. 정말 과하게 힘을 써 내장이 저릿했다.

불행 중 다행으로 격렬하게 부딪치던 강기가 방향을 틀면서 멈췄고, 그에 따른 충격파도 사라졌다.

그러나 안심하기도 잠시. 공격은 끝나지 않았다.

충격에 의하여 신체가 뒤로 넘어가려는 순간.

"후읍!"

주서천의 오른팔 근육이 부풀어 오르면서 퍼런 핏줄이 툭 튀어나왔다. 보기만 해도 아파 보인다.

천장을 향해서 위로 튕겨져 나간 검은 거짓말같이 멈추며, 이윽고 아래를 향해서 무섭게 떨어졌다.

머리를 쪼갤 기세로 내려오는 검을 본 천선은 속으로 비명을 지르면서 쌍장(雙掌)으로 받아치려 했다.

'이걸 노렸구나!'

급히 끌어올린 내공으로는 한계가 있다. 막는 데 성공한 다고 해도 그다음에 틈이 생긴다.

게다가 방금 전 일격 탓에 몸이 밀려나 비스듬하게 세워 졌다. 정상적이라면 제대로 된 힘을 낼 수 없다.

모든 걸 쪼개 버릴 것 같은 기세를 뿜어내던 일검(一劍).

그 순간, 천선이 어이없다는 듯이 웃었다.

"하……?"

방금 전의 그 기세는 어디 갔는지, 검이 구름처럼 둥실 떠오르는 모습이 눈에 잡혔다.

그 대신 보인 건, 왼팔을 뒤로 힘껏 내빼면서 주먹을 쥐 는 모습이었다.

'허초의 허초의 허초!'

비수와 자하개벽과 내려 베기 전부 눈속임.

찰나 동안 무리했던 하단전을 쥐어짜 낸다. 독혈곡과 당 가에서 얻어 낸 독기를 끌어 올렸다.

배꼽 아래에서부터 용솟음친 기운은 가슴 부근의 천지혈 (天池穴)을 지나쳐 천천(天泉)으로 향한다.

이윽고 곡택(曲澤), 극문(郄門), 간사(間使), 내관(內關), 대릉(大陵), 노궁(勞宮), 손가락 끝자락의 중충(中衝)까지의 수궐음심포경(手厥陰心包經)을 지났다.

전력을 걸었던 것처럼 보였던 오른손엔 더 이상 힘이 남아 있지 않다. 전 감각을 왼손에 집중한다.

근육이 부풀어 올랐다가 가라앉는다. 수축과 이완이 반복되면서 열기를 뿜었다.

녹안만독공의 일성은 독에 물들여 내성이 생기고, 이성은 독을 자유자재로 다룬다.

삼성부터는 근접에 한해서 타격에 실을 수 있어 접촉만 한다면 중독된다.

어떠한 초식이 있는 것은 아니었으나 지금 이 순간만큼은 능히 목숨을 위협하는 주먹이 완성됐다.

슈슈숫!

허리와 어깨를 비틀면서 회전력을 가하고, 속력이 붙으면서 그 위력을 높인다.

시원스러울 정도로 터지는 파공성과 함께 떨어지는 그 주먹은 마치 철퇴를 연상시켰다.

어찌어찌 막아 보려고 하지만 아무리 초인적인 반사 신경과 무위가 있더라도 불가능하다.

손은 머리 위를 막으려 하고 있고, 신체는 비스듬하게 세워진 채로 서지도 눕지도 못한 채 허공에 떠 있다.

그리고 환영한다는 듯이 열린 복부 위로 주먹이 내리꽂혔다.

쿠—앙!

철퇴가 떨어졌다. 그 충격파가 고스란히 온몸으로 전해졌다.

정기로 매끈해진 피부가 꿀렁이고, 그 아래로 충격이 고스란히 퍼진다.

"캬하악……!"

천선의 등이 활등처럼 굽어진다. 벌려진 입 사이론 피가 뿜어져 나와 안개처럼 흩어졌다.

손을 휘감았던 백색의 강기도 고통을 이기지 못하고 산산이 부서져 허공으로 비산했다.

콰아앙—!

굽어졌던 등이 다시 펴진 순간, 굉음이 터지면서 최상층을 지탱하던 바닥이 '쩌적' 하고 금이 갔다.

거미줄처럼 그어진 금은 얼마 가지 않아 전체로 퍼졌고, 천선이 있던 지면이 원형으로 꺼졌다.

"꺄악!"

아래층에서 대기하고 있던 기녀들은 천장이 갑자기 꺼지자 비명을 내지르며 물러났다.

구 층에 떨어진 천선은 부러진 척추뼈의 감각에 절망감을 맛보며 피를 울컥 토해 냈다.

화경에 오른 이후로는 한 번도 다쳐 본 적이 없다. 잊힌 고통을 재차 맛보자 비명이 터져 나오려 했다.

하지만 그 전에 욕이 튀어나왔다.

"이런…… 개새……!"

오른쪽 어깨를 뒤로 젖히면서 주먹을 쥐는 주서천이 보였다.

"아직 한 발 남았다."

힘을 아끼지 않는다. 그런 여유 따위는 없다.

하나하나에 전력을 쏟아 부으며 주먹을 휘두른다.

그 눈동자에는 죽이겠다는 일념이 가득했다.

'왜?'

그 눈과 마주친 천선이 의아해했다.

저건 살의를 넘어선 무언가다. 어째서인지 모르겠지만 원수를, 아니 그 이상의 무언가로 보고 있었다.

마치 이 순간을 위해서 살아왔다고 말하는 것처럼 원념이 보였다.

혹시 모르는 사이 원한을 진 것일까?

그 의문은 풀기도 전에 철퇴가 재차 떨어진다.

훌륭할 정도로 깔끔한 선. 그 목적지는 더 이상 막을 게 없는 얼굴이었다.

주먹이 콧대를 살짝 누른 순간, 다시 한 번 벼락을 연상시키는 굉음이 터지면서 구 층 바닥이 꺼졌다.

第五章
천선성추(天璇星墜)

"꺄아아아악!"

십 층 바닥은 중앙만 꺼졌지만, 이번에는 달랐다. 구 층이 전부 부서져 버렸다.

그 위에 있던 기녀들이 팔 층으로 떨어졌다. 팔 층에 있던 기녀들도 갑작스러운 날벼락에 똑같이 비명을 질렀다.

먼지구름이 자욱하게 껴 앞은 제대로 보이지 않았고, 그 먼지구름 속에서 기녀들이 기침을 토해 냈다.

연속된 주먹으로 인해 충격파를 받자 남화루의 기둥도 불안하게 끼끽 소리를 냈다.

"……."

최상층 끝자락에 서 있는 음살녀가 아래를 내려다봤다. 그 낯빛은 좋지 않게 창백해져 있었다.

'도대체 무슨 일이…….'

워낙 순식간에 벌어진 일인지라 머리가 따라가지 못했다. 무음사자가 이리 강했나 하고 생각했다.

뭉게뭉게 피어오른 먼지구름을 내려다보던 음살녀는 순간 섬뜩한 느낌에 뒤로 재빨리 물러났다.

방금 전까지 서 있던 자리에 검 줄기가 지나갔다.

음살녀는 머리를 들어 검의 주인을 확인했다.

"인독종……!"

"감이 좋군."

낯빛이 좋지 않은 음살녀와 다르게 강능초는 딱히 이렇다 할 변화가 없었다. 여전히 무뚝뚝했다.

"순순히 항복한다면 목숨만은 살려 주마."

"흥, 미쳤다고 널 믿겠니?"

음살녀가 어림없다는 듯이 손바닥을 쫙 펼치자 장풍이 쏘아졌다.

강능초는 예견이라도 한 듯, 검을 크게 휘둘러서 마찬가지로 바람을 만들어 내 장풍을 상쇄시켰다.

경지만 보자면 서로 엇비슷한 편이다. 초식 등의 무공 자체는 강능초가 우세했지만 내공 면은 음살녀다.

"하오문주는 죽었다."

강능초가 구멍이 난 바닥을 힐끗 쳐다봤다.

"하오문은 이제 내가 이끈다."

"호호홋!"

음살녀가 허리를 크게 젖히며 기분 나쁘게 웃었다.

"하오문주가 겨우 이런 일로 죽을 것 같아?"

낯빛과는 다르게 태도가 당당하자 강능초는 의외인 듯 눈을 껌뻑였다.

"하오문주가 얼마나 괴물인지 너는 모를 거야. 천하가 문주에게 속고 있었어. 그녀는 사람이 아니야."

자신감과는 다르게 무언가 두려워하는 눈치였다.

그 두려움의 종착지는 하오문주. 천선이었다.

얼마 지나지 않아 강능초가 눈살을 찌푸렸다.

음살녀가 말했던 대로 시야를 가렸던 먼지구름이 걷히면서 모습을 드러낸 건 하오문주였다.

"제발 저 아랫것들로 만족해야 할 텐데……."

그녀의 목소리가 유난히도 떨렸다.

*   *   *

천선이 백옥처럼 흰 섬섬옥수로 얼굴을 가렸다. 손가락

사이로 보이는 사나운 눈매가 눈에 띄었다.

"감히, 감히, 감히! 다른 곳도 아니고 얼굴을!"

듣는 것만으로 멈칫하게 만드는 분노였다.

시뻘겋게 충혈된 눈동자가 보인다. 그 주변으로는 탄력을 잃은 피부가 보였다.

얼굴에 일격을 가하려는 순간, 백색으로 물든 호신강기가 뿜어져 나와 막혀 버렸다.

아무리 대해와 같은 공력을 지녔다 할지라도 강기로 형성된 막을 부술 수는 없었다.

게다가 천선이 막을 확장하면서 밀어내는 탓에 잠시 물러나야 했다.

"지독한 년!"

주서천이 혀를 내두르며 욕했다.

척추뼈를 부러뜨리고, 내상을 입혔는데도 용케 호신강기로 대응해 마무리 일격을 피했다.

"너!"

천선이 주서천에게서 시선을 떨어뜨리지 않고 팔을 옆으로 쭉 뻗어 근처에 있던 기녀를 잡아챘다.

"꺄아아아……."

기괴한 일이 벌어졌다.

이제 막 높아지려던 비명이 멈추고, 목소리의 주인이었

던 기녀가 순식간에 미라처럼 변했다.

새까맣던 머리카락도 노인처럼 새하얗게 변하고, 마치 오랫동안 굶은 것처럼 살은 눈 씻고 찾아봐도 찾을 수 없었다.

동시에 천선의 얼굴도 변했다. 탄력을 잃고 주름졌던 피부가 원래대로 돌아왔다.

그걸 본 주서천이 무심코 중얼거렸다.

"소수마공(素手魔功)……."

극음(極陰)이자 극마(極魔)의 마공!

마도인이라면 누구나 원하는 이름 높은 무공으로, 육대금공과 비견될 정도로의 악랄함을 지니고 있다.

수련하면 손이 새하얗게 변한다거나, 북해의 빙백신장(氷白神掌)과 견줄 정도의 음기는 중요치 않다.

그런 것은 어디까지나 특징에 불과했다. 정말로 악명이 자자한 건 그 수련법에 있었다.

양(陽)이 남자라면, 음은 여자이다.

소수마공의 근원은 음기이기에, 이 음기를 채우기 위해선 여성에게서 가져와야만 했다.

말이 좋아 가져오는 것이지, 실상은 흡성대법(吸星大法)처럼 빼앗아 죽음에 이르게 만들었다.

칠순이 넘는 나이에도 영원에 가까운 젊음을 유지할 수

있는 비밀이 여기에 있었다.

또한 먹이가 될 자가 연령이 낮으면 낮을수록 좋고, 그중에서도 순결을 잃지 않으면 더욱 좋았다.

"순순히 죽을 것이라곤 생각하지 마라."

주서천은 천선을 머리 위에서 발끝까지 한 번 훑어본 뒤, 천장을 올려다보면서 소리쳤다.

"주변에서 접근하지 못하도록 제한하고, 무언가 수상쩍어 보이면 처리해!"

모여 있던 기척들이 움직이는 게 느껴졌다.

"도대체 뭐하는 놈이니?"

천선이 분노가 가득한 목소리로 물었다.

"누구일 것 같아?"

주서천이 예리하게 떠진 눈으로 다시 천선을 훑어봤다.

흘러내린 옷자락 탓에 보이는 살결 따위를 보는 게 아니라, 굽어진 등이나 음기를 내뿜는 손을 봤다.

"검선에게 후인이 있다는 건 들어 본 적 없을뿐더러, 수준급의 독공까지 연공했다고?"

'과연, 천선성.'

괜히 암천회의 정보를 총괄하고 있는 게 아니다.

정보량만 따지면 천기보다 위였다.

급습이 이뤄진 절체절명의 순간에 딱 한 번 본 것뿐인데

검초의 정체를 곧바로 알아차렸다.

"누구긴 누구야. 무음사자지."

말과 함께 천근추의 수법으로 체중을 실어 발을 굴렀다.

바닥에 꽂혀 있던 태아가 충격에 의해 튀어 오르며 화려하게 회전해 주서천의 손에 잡혔다.

"아까 전에 주름이 생겼던 걸 보니 음기를 상당히 소모한 모양인데, 괜찮겠어?"

"방심해서 약간 다쳤을 뿐, 아무렇지도 않……."

"그으래?"

말을 끊어 내면서 몸을 날렸다. 방금 전까지 내공을 상당 부분 소모했는데도 그 몸놀림은 번개와 같았다.

"어림없어!"

천선이 콧방귀를 끼면서 목을 노리고 들어오는 검을 손날로 후려쳐서 튕겨 냈다.

"하!"

손날에서 새하얗게 물든 아지랑이가 흘러나오며 검을 감싸 안았다. 그 월오삼검조차 소수마공의 극음의 기에는 버티지 못하고 한기가 서리기 시작했다.

파바밧!

서서히 얼어붙기 시작했지만, 이에 아랑곳하지 않고 이십사수매화검법의 앞부분 초식을 날렸다.

천선은 전대와 현 매화검수의 인적 사항을 머릿속으로 떠올리면서 화려하게 펼쳐지는 검초를 막아 냈다.

하나도 회피하지 않고 제자리에서 초식을 막아 내는 그 손놀림은 입이 절로 떡 벌어진다.

거기에 모자라 손에서 방출되던 극음의 기가 점차 많아지면서 태아를 꽁꽁 얼리려 했다.

서서히 얼어붙는 검을 확인한 주서천은 뒤로 재빨리 물러나 천선과의 거리를 벌렸다.

"호호호."

천선이 어떠냐는 듯이 소리 높여 웃었다.

"하오문주."

주서천이 검을 가볍게 휘둘러 서리를 털어 냈다.

"아무렇지 않은 척하는 것에는 경의를 표하마."

처음엔 반신반의했지만, 방금 전의 공수 교환으로 확실해졌다. 천선의 몸 상태는 정상이 아니다.

하기야 아무리 주먹질이라 할지라도 무방비한 상태로 전력을 다한 일격을 맞지 않았나.

그 정도의 내상을 입었는데 음기를 흡수한 걸로 치유된다면 소수마공은 천하제일의 신공이다.

"아까부터 한 발자국도 움직이지 않고 있는 건 알고 있나?"

"……."

천선이 무어라 말하려다가 입을 다물었다. 그 대신 얼굴이 참혹하게 일그러졌다.

척추가 부러져 허리를 펴고 있는 것조차 힘들었다.

내력으로 그 주변의 근육을 조정하지 않는다면 서 있을 수도 없었다.

정면으로 꽂혔던 복부 안의 내장도 엉망이 되어 버렸고, 신체 곳곳에서 느껴지는 고통은 보통이 아니었다.

"대단해. 정말로 대단해."

비꼬는 것이 아닌 순수한 감탄이었다.

"그래서 난 너희 암천회가 싫어."

"뭣……!"

푸욱!

천선이 눈을 부릅떴다.

귀를 의심하게 만드는 이름. 그 일순간의 동요가 그렇지 않아도 좋지 않던 판단력을 마비시켰다.

눈을 떴을 때는 극렬한 고통과 함께 등 뒤에서부터 파고들어 명치에 구멍을 내고 튀어나온 비수가 보였다.

"쿨럭!"

피를 울컥 토해 낸 천선은 머리를 뒤편으로 천천히 돌렸다. 그곳에는 무심한 표정의 소령이 서 있었다.

'위층에 숨어 있던…… 아니, 일단 계집이라면……!'

"어림없다, 천선."

뇌리에 번개가 쳤다. 두 번째로 충격적인 발언과 동시에 이번에는 심장에 구멍이 뚫렸다.

서리가 서렸던 검이 앞에서부터 꿰뚫어 와 등 뒤의 살을 벌리며 나왔다.

소령을 잡으려던 손은 이윽고 힘없이 떨어졌다.

"도…… 대체…… 어떻게……?"

정보를 관할하는 만큼, 천선의 충격은 더 컸다.

암천회에 대한 통제는 철저하게 했다.

칠성사의 구조나 수장들의 이름은 호칭으로 알려져 있으나, 정확히 뭐하는 사람인지 아는 사람은 적다.

천선이 하오문주라는 것은 소수만 안다.

그런데 그걸 내부인도 아니고 외부인이 알았다.

자하검결이고 뭐고 문제가 아니다. 방금 전의 발언은 암천회 최대의 기밀 중 하나였다.

"저승에서 심심하지 않도록 곧 보내 주마. 그리고 후에 올 도감부에게 영약 잘 먹었다고 전해 주고."

고통으로 일그러진 그 얼굴은 점차 경악으로 번졌다.

"그리고 흉마의 무덤 수장시킨 놈 찾고 있었지? 그거 나야."

이 사실을 알려야 한다.

눈앞의 남자는 후일 최대의 위협이 될 자였다.

그러나 그 생각은 입에 담지 못했다.

화르륵.

남화루에 불이 붙었다. 당장이라도 타오를 것처럼 붉었던 전각은 실제로 불에 휩싸여 활활 타올랐다.

"불이야!"

시뻘건 화염이 악귀의 혀처럼 날름거리며 주변을 집어삼켰다. 달빛 대신 불빛이 주변을 밝혔다.

어떻게 진화해 보려 했지만, 불이 삽시간에 번진 탓에 사람들은 어찌할 줄 모르며 발을 동동 굴렀다.

불행 중 다행으로 주변의 건물들과는 거리가 떨어져 불이 다른 건물에 붙지는 않았다는 점이다.

"오늘 누가 전세 냈다고 들었는데……."

"분명 무슨 일이 있었던 거야!"

"아이고! 저기에서 자 보는 게 내 꿈이었는데!"

구경꾼들 중 사내들 몇몇이 심히 안타까워했다.

"이봐, 이거 그거 아니야?"

"인독종 말이지?"

"남화루가 음살녀가 기거하는 곳이란 건 누구에게나 다

알려져 있지 않나. 마침 전세를 냈으니 분명⋯⋯."

꿀꺽.

비소돈, 독사검, 음살녀.

과거 정주를 주름잡던 삼인방이 더 이상 이름을 떨치지 못하고 밤의 역사 뒤편 속으로 사라졌다.

과거, 정주에서도 권좌를 두고 일어난 싸움은 많았으나 이번처럼 소란스러웠던 적은 몇 없었다.

인독종, 강능초.

사람들은 삼인방 대신 그 이름을 떠올렸다.

돼지도 독사도 색녀도 없다.

그 위에 선 자는 독종이었다.

결국, 밤 내내 달빛 대신에 정주를 밝혔던 그 불은 전각이 전소한 뒤에야 멈췄다.

이튿날 날이 밝자 보인 것은 잿더미가 된 남화루와 얼굴도 알아볼 수 없을 정도로 타 버린 시체였다.

*　　　*　　　*

주서천과 강능초는 청루로 무사히 귀환했다.

천선의 목숨은 완벽하게 끊었다. 심장을 꿰뚫었을 뿐만 아니라 확인 사살로 목까지 베었다.

후에 암천회가 조사하러 올 것을 대비해 시신을 가져와 따로 소각했다. 그 과정에서 전리품도 몇 개 얻을 수 있었다.

최상층에서 대적하고 있던 음살녀는 하오문주가 사망했다는 걸 확인하자마자 항복했다.

괴물이었던 하오문주의 사망 소식에 믿기지 않아 했으나 직접 시신을 보고 체념했다.

참고로 살려 둘 생각은 없었다. 음살녀는 유일한 목격자였는지라 비밀을 위해서라도 처리해야만 했다.

강능초는 음살녀를 독사검이 수감된 옆방에 처넣었다. 그리고 고문한 뒤에 죽이겠다고 약속했다.

실제로 이틀 뒤, 음살녀는 고문을 받다 사망했다.

다행히도 그 외의 목격자는 없었다. 그날 밤에 있던 기녀들은 난리가 일어나자마자 도망쳤다.

정보원으로 추정되는 인물도 유령들이 처리했다.

남화루가 전소되고 음살녀의 행방이 묘연해지자 남쪽을 넘보려던 몇몇 세력들이 눈치를 봤다.

하지만 다들 눈치만 볼 뿐 나서진 않았다. 음살녀를 비롯해 남화루를 전소시킨 범인이 무서워서였다.

인독종, 강능초!

이제 정주, 아니 흑도에서 그 이름을 모르는 사람은 없다. 다리 밑에서 연명해 가는 아이들도 알았다.

무력만으로 전부를 손에 넣은 패자(霸者).

며칠 만에 세운 그 기록에 하나같이 몸서리쳤다.

흑도의 중심, 정주에서 힘 좀 쓴다는 세력들조차 감히 덤빌 생각을 못 하고 얌전히 지냈다.

안 그래도 삼인방과의 대결이 끝난 지 얼마 지나지 않았기에 민감할 것 같아 건들고 싶지 않았다.

이에 강능초는 기다렸다는 듯이 활발하게 움직이며 세력의 재정비에 힘썼다.

집무실 내부는 종이 다발로 가득했다.

"안 본 사이에 초췌해졌군."

눈 밑이 검은 것이 그동안의 고생을 증명했다.

"어서 와라."

강능초가 들고 있던 붓을 잠시 내려 두었다.

"원하던 자리를 손에 넣었으니 조금 쉬어도 될 텐데, 끝나자마자 축배는커녕 업무에 시달리다니."

주서천이 혀를 내두르며 감탄했다.

그야말로 독종 그 자체. 별호에 걸맞은 사내다.

"하오문주에 대해서 알아낸 것은 있나?"

며칠 전, 음살녀를 고문해서 정보를 얻어 냈다.

숨기고 있는 재화 따위는 관심 없었다. 원하는 것은 전대의 하오문주에 대한 정보였다.

"남화루의 기녀도 당연히 거짓 신분이었고, 별달리 남겨진 흔적도 없었다. 과연 존재했는지가 의문이군."

비밀 집무실이라도 있나 싶었지만 그것도 없었다.

음살녀는 평소에 서신으로 명령을 하달받거나, 만나길 원한다면 천선이 알아서 찾아왔다고 한다.

"역시 그런가."

주서천도 그렇게까지 기대하지 않았다. 천선처럼 치밀한 여인이 정주처럼 큰 곳에 뭘 숨겨 둘 리 없다.

아마 천선성의 정보원들 역시 타지에 나가 다른 임무를 수행 중일 것이고.

"환락가는 그대로 내버려 둘 생각인가?"

"그래. 혼자 힘으로는 지하 투기장이나 암시장만으로도 버거우니까. 여기에만 집중할 생각이다."

한 곳이 아니라 무려 두 곳이다. 최대 수입원을 무려 두 곳이나 관리하는 것만으로도 보통이 아니었다.

청루와 홍루야 루주와 포주가 있으니 그렇게까지 힘들지는 않다.

동쪽의 지하 투기장은 특히나 사람이 부족해서 재배치하고 관리하는 등 시간과 노력이 소요될 것이다.

"원한다면 환락가는 주마. 어차피 누군가가 그곳에서 자리를 잡으면 전의 하오문주처럼 굴복시킬 생각이었다."

"아니, 됐어. 가져라."

상왕에게 맡기는 것도 나쁘진 않지만, 위험성이 크다. 그가 관련되면 주서천의 원래 신분이 나온다.

무엇보다 금의상단 자체가 피해를 입을 수 있었다.

'암천회.'

칠성사병도 아니고 수뇌인 천선이 목숨을 잃었다.

그것도 암천회의 정보를 총괄하던 수뇌였다.

암천회는 눈과 귀를 잃었다. 이보다 만족스러운 결과가 없다. 이것만으로도 움직임이 자유로워진다.

'천기가 슬슬 이상함을 느끼고 움직일 때다.'

천선은 선조치를 하기 위해 보고를 올리지 않았다.

주기적으로 권좌에 도전해 소란을 일으키는 내부의 일을 이상히 여기지 않아서다. 무엇보다 괜한 핀잔을 받고 싶지 않았다.

주서천은 천선이 경계하지 않게 만들기 위해 인독종이라는 대리인을 내세웠다.

무음사자로서 사람들이 보고 있을 때 일부러 결정을 내려 달라는 듯 선택권을 넘겼다.

지금 당장 움직이지는 않겠지만, 그 눈치 빠른 천기라면 아마 늦어도 오늘 밤에는 움직일 게 분명했다.

그래서 그동안 우려될 흔적들을 전부 지우고 왔다.

'상왕에게 환락가를 전해 주면 좋아하겠지만, 그럴 순 없지. 얻는 것에 비해 위험성이 너무 크다.'

환락가의 수익은 무시하지 못하지만 그것보단 금의상단이 암천회의 표적이 되는 게 문제였다.

안 그래도 주시받고 있지 않은가.

"떠날 건가?"

"호오."

주서천이 어떻게 알았냐는 표정을 지었다.

"감이 좋지 못하면 흑도에서 살아남지 못하지. 무엇보다 유령들에게 숨고 싶다면서 그 난리를 피운 게 이해가 안 간다더군. 아니, 그것도 거짓말인가."

대결을 전부 보지는 못했지만 최상층에서의 강기는 보았다. 화경에 오른 자객이라니. 들어 본 적 없다.

"뭐, 아무래도 상관없는 일이지. 이제 내가 무엇을 도우면 되는지 말해 줬으면 하는군. 그래도 자그마한 소망이 있다면 이번 주는 바쁘니 봐줬으면 한다."

"하하."

주서천이 무심코 웃음을 참지 못했다.

"뭐가 그리 웃기지?"

"아무것도 아니다."

강능초는 생각보다 나쁘지 않은 사람이었다.

떠날 준비를 하면서 제일 고민했던 게 강능초와의 관계였다.

신분이야 어차피 철저히 숨겼으니 상관없다. 자하개벽도 워낙 빨라 못 본 것 같았다.

완벽한 자색도 아니고 희미한 빛을 보고 눈치챈 천선이 대단한 거지 보통 다른 무인이라면 못 알아본다.

어쨌거나, 원래는 떠나면서 연을 끊고 가려 했다.

그러나 허수아비로 세우려고 했던 야심가가 생각 이상으로 인재여서 어떻게 할지 고심했었다.

이왕 이렇게 된 거 하오문주에게 빚을 만들어 두고 후일 도움을 받을 수 있다면 나쁜 것만은 아니다.

천선이 괜히 오랫동안 하오문주로서 눌러앉은 게 아니다. 정보력에 한해선 개방과 견줄 정도다.

"당장은 없다. 언젠가 내가 연락했을 때, 그때 도와줬으면 한다."

"그렇게 하지."

"그리고……."

딱!

엄지와 중지를 부딪쳐 소리를 냈다. 그러자 아무것도 없던 곳에서 유령 둘이 나타나 강능초 곁에 섰다.

"널 주변에서 호위해 줄 거니 마음껏 써라. 나에게 피해가 되는 것을 제외하면 뭐든지 들어줄 거야."

얼마 전, 고민을 끝낼 결정적인 계기가 있었다.

강능초는 재정비를 하는 동시에 길거리에 나앉아 삶을 겨우 연명하던 어린아이들을 데려갔다.

하나같이 부모가 없는 고아였으며 오랫동안 이어진 굶주린 탓에 일할 힘조차 없는 아이들이었다.

무슨 일인가 하고 추적해 본 결과, 흐뭇한 웃음을 지었다.

"이제 맡게 된 아이들도 한두 명이 아니니 몸도 조심해야 하지 않겠나, 대부 양반."

"……대부라고까지 불릴 정도는 아니다."

강능초의 눈썹이 구부러졌다.

"그리고, 내 의지가 아니다. 그녀의 의지지."

집무실 의자에 앉은 남자는 어딘가 모르게 그리워하는 얼굴로 중얼거렸다.

*   *   *

정말로 길게 느껴졌던 밤이 끝났다.

볼일을 끝낸 주서천은 도망치듯이 정주에서 빠져나왔다. 추적이 있는 건 아닌가 하고 주변을 경계했다.

다행히도 별다른 문제는 없었고, 답답했던 인피면구를 벗고 정주를 벗어나 서쪽으로 향했다.

반야신공부터 전달할까 싶었지만 하남곡이 그다지 멀지 않아서 그쪽부터 해결하기로 했다.

하남에서 서로 곧장 가면 황하와 남하 사이에 낙양(洛陽)이 나온다.

아홉 왕조의 도읍으로, 삼국지의 무대로서 유명한 데다가 노자와 이백(李白)과 두보(杜甫) 등의 문인들이 활동해 일찍이 문화와 학문의 꽃을 피웠다.

그리고 낙양에는 용문석굴(龍門石窟)이라 하여 사백여 년간에 걸쳐 만든 최대의 석굴이 있었는데, 그 숫자가 무려 일천하고도 삼백 오십여 개였다.

"이곳입니다."

소령에게 용문석굴로 안내받았을 땐 적지 않게 당황했다.

여태껏 보았던 유령곡은 차이가 조금씩 있어도 계곡에 있었는데, 이번에는 달랐다.

유령곡 하남 지부는 이 용문석굴에 있었다. 당연한 이야기지만 석굴 하나가 아니라 여러 개를 사용했다.

"곡주님을 뵙습니다."

하남곡의 유령들은 도합 남녀 서른 명이었고, 수련령은 다른 지부에 비해서 적은 편이었다.

전력 면으론 수련령을 제외하고 그다지 차이는 없었다. 일류에서부터 초절정까지 다양하게 섞여 있었다.

"며칠만 신세를 지마."

당분간 여기서 머물기로 정했다. 대단한 건 아니고 하남곡 출신의 유령들과의 비무를 위해서다.

유은비도와 유령보법. 전부 오성에 오르지 못했다. 그때까지는 꾸준하게 수련할 생각이었다.

혹시 지부마다 수련법에서 차이가 있지 않을까 싶어서였지만, 별반 다를 건 없었다.

'하기야, 다르다면 그거야말로 이상하지.'

심살을 도중에 중단한 탈주령이라면 모를까, 유령이라면 수련을 끝낸 순간 주체성을 버리게 된다.

전해져 내려오는 행동 강령과 유령공을 변화 없이 그대로 따르기만 한다면 일정한 수준밖에 못 낸다.

그로 인해 정신적인 깨우침을 필요로 하는 화경의 길도 막힌다. 실제로 삼백 년 역사 동안 유령들 중에서 초절정을 넘어 화경이 된 고수는 존재하지 않았다.

"그나저나 어딜 가도 벽곡단밖에 없구나. 이것만을 평생을 먹는다니, 마음이 죽고 못 배기지."

식단이 전부 벽곡단이란 게 심살의 과정 중에 포함된 것은 아닌가 진지하게 생각했다.

식의 즐거움을 모르는 소령을 비롯한 유령들이 불쌍해서 눈물을 금치 못했다.

"무공은 이만하면 됐고 정보나 수집하자."

새로운 지부에 들를 때마다 반드시 해야 할 일이 있었다. 이것만큼은 지부마다 차이가 제법 있는 편이었다.

의뢰인이나 혹 암살 기록 등을 비롯하여 지부가 개인적으로 보관해 둔 정보였다.

주요 정보는 서신으로 교환하는 편이었지만, 그 외의 것 전부를 공유하는 건 아무래도 힘들었다.

그래서 등급이 낮다고 여겨지는 정보는 요청하거나 필요로 할 때만 교환됐다.

"햐, 괜히 상왕이 아니네."

최근 의뢰 기록 중 이의채의 이름이 자주 보였다.

전국적으로 활동하며 돈을 쓸어담은 만큼 엮이는 게 많았다. 주로 경쟁 상단이 암살 의뢰를 많이 했다.

"여기에 있는 것들을 상단주에게 보내도록."

그래서 위험이 될 만한 신원을 정리해서 하남곡의 유령에게 맡겼다.

전서구나 전서응으로는 불안해 직접 전달하게 했다.

"그리고 너희 중 아무나 정주를 멀리서 지켜봐라."

얻어 내려는 정보 중 우선이 있다면 강능초였다.

정확히는 강능초에게 접근하는 주변 인물이었다.

'천기는 조심성이 많아서 섣불리 움직이지 않으니 당장 걱정할 건 없다.'

무엇보다 천기, 아니 암천회는 눈과 귀를 잃었다.

심지어 정보력은 이쪽이 한 수 위였다.

'너희 생각대로 흘러가진 않을 거야, 암천회.'

第六章
소림방문(少林訪問)

　세상을 다 가진 것처럼 움직였다. 그 누구도 알지 못했으나, 그 어떠한 권력가보다 대단했다.

　가끔 그 이름에 다가간 사람이 있어도 끝내 알지 못한 채 쥐도 새도 모르게 목숨을 잃었다.

　천하를 조금씩 위협하고, 보이지 않는 뒤편 속에서 무림을 위협했다.

　그랬던 암천회가 지금 미증유의 사태에 직면했다.

　설마 했던 칠성사 천선의 연락 두절. 처음엔 상당한 업무량 탓에 바빠서 그런가 싶었는데 아니었다.

　반나절이나 한나절이라면 모를까 이틀이나 연락이 두절

된 것은 무슨 문제가 생긴 것이 틀림없다.

무엇보다 천선에게서 어떠한 언질도 없었다. 천기가 아는 한 그녀는 이렇게 무책임하지 않았다.

단순히 불노와 치장하는 데만 관심을 보이는 머저리라면 모를까, 화경의 고수씩이나 되는 노파다.

인생의 경험으로만 따지면 칠성사의 수뇌 중에서도 상위에 있었다.

연락 두절 첫째 날, 의심을 했다. 둘째 날에 의심이 확신으로 변하면서 암천회주에게 이야기를 꺼냈다.

그리고 셋째 날, 수뇌부에 소집령을 내려 천선의 사망을 확정시켰다.

"회주께서는 일정이 맞지 않으셔서 참가하지 않았다. 도감부장 역시 영물의 관리 일로 불참했다."

수뇌 중 칠성사의 여섯 명이 한자리에 모였다.

"천선이 행방불명, 아니 사실상 사망했다."

"으음."

입에서 신음 소리가 절로 흘러나왔다.

"확실한가?"

천선과 연계하여 첩자로 정보를 수집하던 천권이 믿을 수 없다는 듯이 되물었다.

세간에서 하오문주를 무시하나, 그건 어디까지나 속고

있는 것에 불과하다.

수뇌부 중에서는 개양성 정도와 두뇌 역할을 하고 있는 천기를 제외하면 대부분 무공이 엇비슷하다.

강호에 나온다면 능히 천하백대고수 중에서도 열 손가락 안에 들 수 있는 실력인데 누가 죽이겠는가.

무엇보다 누구도 알지 못한 채 살해당했다는 점이 마음에 걸렸다.

"요 삼 일 동안 고민한 것이니 틀림없다. 그리고 그녀가 하루 이상 연락이 두절될 사람이 아니란 걸 천권 자네가 누구보다 잘 알고 있지 않나."

천권이 뭐라 하려다가 이내 한숨을 내쉬었다.

천기가 그런 천권에게 핀잔 어린 시선을 보냈다.

"확신을 갖지 마라. 모든 일에 의심해라. 어떠한 일에도 절대적이란 건 없다. 자만에 빠지면 언젠가 독이 되어 돌아올 것을 명심해. 때로는 인정해야 한다."

암천회가 그토록 틈이 없던 건 천기의 덕이었다.

구 할 구 푼의 가능성이라 해도 천기는 그 일 푼을 유의하고 혹시라는 상정하에 둔다.

"너야말로 확신이라는 이름의 자만이 아닌가?"

내부에서 불신자를 감시하고 주로 암살을 관리하는 옥형이 물었다.

"훌륭한 지적이군. 그 가능성도 충분히 내포하고 있으니 걱정할 것 없다."

천기는 기분 나빠하기는커녕 흡족하게 웃었다.

"그러니 누구나 생각할 만한 것을 제외하고, 혹시 라는 이름의, 최악의 가능성을 말하겠다."

천기가 가늘게 떠진 눈으로 말을 이었다.

"누군가, 어쩌면 어떠한 단체가 우리에 대해 알고 있고, 대계를 방해하려고 움직이고 있을지 모른다."

"어림없는 소리."

천추성(天樞星)이 나서서 즉각 부정했다.

그 외의 수뇌들도 비슷한 반응을 보였다.

"회에 대해 누설할 가능성이 있는 불신자는 옥형이 감시하여, 기미가 보인다면 확실하게 처리했다. 그 외에 정보의 통제에 대해선 그대가 더 잘 알지 않나."

다들 천추의 말에 공감하듯 고개를 주억거렸다.

"어디까지나 만약, 최악에 한해서니 그렇게 반응할 것 없다. 그래도 가슴 한구석에 품고 있는 것과 아예 생각조차 하지 않는 것보다는 낫지 않나."

"일리 있는 의견이군."

"그 외의 가능성은?"

"하오문, 아니 그보단 사적인 원한이다."

"제일 그럴싸하군."

강호는 은원이라는 이름의 굴레로 돌아간다. 암천회도 별반 다를 것 없다. 그 구조에 구성되어 있다.

그렇지 않아도 천선은 칠순이 넘은 노파가 아닌가. 무림의 대선배로서 그만큼 사정도 많았다.

"그렇게 된다면 일이 아주 복잡해지겠지."

천선의 정확한 출신은 모르지만 다들 흑도인으로 예상하고 있었다.

그만큼 어릴 적부터 우여곡절을 겪었고, 원한 살 행동도 많이 했기에 과거를 일일이 추적하기가 힘들었다.

무엇보다 암천회에서 정보를 원활하게 다룰 수 있던 건 천선뿐이었기에 천선이 없는 현재 암천회의 정보력은 극감한 상태였다.

물론 평소에 연계하던 천기나 천권 등도 다룰 수 있긴 하지만, 여러모로 제한되어 있는 게 많았다.

"개개인이라면 그렇게까지 또 어렵진 않다. 사람이라면 응당 실수하는 법. 어딘가에 흔적을 흘렸을 테니 그걸 쫓으면 된다. 천선성 자체가 사라진 것은 아니니, 그동안 분담해서 적절히 사용하면 되겠지."

"그래서 하는 말이네만, 어째서 인독종을 내버려 두고 있는 건지 이해가 안 가는데……."

현 하오문주의 행적이 묘연해지자마자 웬 잡배가 나타나서 그 자리를 대신 차지했다.

수족으로 알려진 삼인방까지 살해당한 걸 보면 확실히 수상쩍다. 무음사자란 자객도 마음에 걸렸다.

"천선이 그따위 잡배에게 당할 것이라곤 생각하진 않지만, 분명 무언가 관계성은 있지 않겠나?"

"남화루의 화재도 신경 쓰인다."

"이미 조사를 해 봤으나 이렇다 할 목격자가 없어 확인이 불가능하다."

"남화루면 눈에 띄는 곳에 있는데 목격자가 없었다고? 눈에 띌 수밖에 없었을 텐데?"

"칠성사병이 외부에서 임무를 수행하는 탓에 그곳엔 하수들밖에 없었다. 흑도에서 뭘 바라나."

절정, 아니 어쩌면 일류만 해도 마음만 먹으면 목격자 없이 잠입할 수 있다.

"후우."

여기저기서 한숨이 흘러나왔다.

"그래서, 인독종의 처리는 어떻게 할 생각이지?"

"……그대들도 알다시피 천선이 보통내기가 아닌 건 알고 있지 않나. 그런 그녀를 우리들의 눈을 피해서 살해한 것은 무위가 보통이 아니라는 의미. 눈에 뻔한 꼬리를 잡는다고 잡힐 거라곤 생각하지 않는다. 어쩌면 우리를 끌어내기 위한 함정일지도 모르는 일이지."

천기는 좋게 말하면 신중하고, 나쁘게 말하면 겁이 많다. 생각이 많은 만큼 다양한 가능성을 추측한다.

그렇지 않아도 미증유의 사태로 인해 누군가 자신들을 알고 있고, 추가적인 정보를 얻어 내려는 것은 아닐까 하는 생각이 들어 섣부르게 움직일 수 없었다.

사실 천선의 행방이나 죽음이 오리무중이 된 건 천선 스스로가 이번 정주 사태를 쉽게 생각하고 비밀스럽게 처리하려 했기 때문이었지만, 그러한 내부 사정이 있다는 걸 천기나 암천회가 알 리 없었다.

"그러니 시간을 들여 천천히 접근한다. 천선성의 업무는 분담하고, 대계의 준비는 중단 없이 진행하도록."

*　　　*　　　*

숭산(嵩山).

오악(五嶽) 가운데 중악(中岳)이라 불리는 숭산은 보기만 해도 영험하여 성스럽게 느껴졌다.

비록 그 봉우리는 오악 중에서도 가장 낮았으나 중원인들에게는 천하제일의 산이라 칭송받았는데, 그 연유는 태실(太室), 준극(峻極), 소실(小室)로 일컬어지는 봉우리 중 서쪽의 소실봉에 있었다.

준험한 산세를 따라 북쪽 중턱쯤 다다르면, 태산북두라 일컬어지는 중원 무학의 본향이 나온다.

'소림사!'

천년 소림이라 불릴 만큼 유구한 역사를 자랑하는 소림사의 그 웅장함은 보는 이로 하여금 감탄을 금하지 못하게 할 뿐만 아니라, 인근을 아우르는 종소리는 잡념을 모조리 씻어 낼 정도로 청아하여 뭇사람들의 마음을 편안하게 해 줄 정도였다.

전란의 시대에서도 그 굳건함은 끝까지 유지되어 정파인들의 정신적인 지주로서 버텼었다.

새삼 과거의 일을 회상한 주서천은 뱀의 꼬리처럼 길게 늘어진 방문 행렬을 보고 질린 표정을 지었다.

하남곡에서 볼일을 끝낸 뒤 곧장 소림사로 달려갔다.

'하루라도 빨리 이 무거운 짐을 전달하고 돌아가자. 낙 사매에게 금방 돌아온다고도 말했었고.'

한 달이란 시간이 금세 지나갔다. 강호행을 함께하기로 약속한 낙소월이 삐쳐 있을게 눈에 훤했다.

품 안에 썩혀 둔 반야신공의 무게가 천근처럼 무거웠다. 새삼 이의채의 괴로움을 느끼게 됐다.

"이 줄에 서지 않는 것이 천만다행이구나."

무림인, 그중 같은 구파일방 출신의 제자라면 무림인 전용의 줄이 따로 준비되어 있다.

산문으로 올라가자 아래에서부터 이어진 행렬의 끝과는 반대로 아무 줄도 없는 탁자가 보였다.

줄이 없는 곳으로 가자 방문록을 앞에 둔 승려가 주서천의 소매 안에 새겨진 매화를 힐끗 쳐다보곤 합장하여 인사했다.

"소림사에 오신 것을 환영합니다. 이곳에 사문과 성함, 그리고 별호와 방문 목적을 기재해 주시겠습니까?"

방문목적을 그대로 기재했다간 어떤 소란을 불러들일지는 뻔하다.

다행히도 무림맹주가 보내온 서신 중에 만약을 위한 상황을 대비한 암호가 있었다.

"고불경(古佛經)……?"

승려는 방문 목적을 보고 고개를 갸웃거렸다가, 이내 방문록의 이름과 별호를 보고 화들짝 놀란 표정을 지었다.

'매화정검!'

소림사의 제자라면, 아니 무림인이라면 최근 그 이름을 모르는 자는 없다시피 했다.

전쟁의 원인이 되었던 혈승의 비급을 불태운 장본인이

아닌가!

무엇보다 소림사의 입장에서는 모르려야 모를 수 없었다.

소림의 숙원을 풀 기회를 영영 없애 버린 장본인!

"괜히 눈에 띄고 싶지 않습니다. 괜찮으시다면 조용히 들여보내 주시겠습니까?"

승려가 눈을 휘둥그레 뜬 채로 대경했다가, 이내 그 말을 듣고 고개를 위아래로 주억거렸다.

산문에서 무림인들을 받다 보면 이렇게 유명인이 종종 오곤 했다. 그들 중 몇몇은 비밀리에 임무를 수행하는 등의 이유가 있어 조용히 방문하기를 원했다.

"이쪽으로 오시지요."

손님들을 대접하는 지객당(知客堂)으로 곧장 안내받았다.

신승(神僧) 혜만대사(慧娩大師).

소림사의 현 방장이자 상천십좌 중 일좌. 그 이름은 무림 맹주와 비견될 정도였다.

석벽으로 되어 있는 방 안. 자그마한 불상이 중앙 끝자락에 있고 그 앞에는 누렇게 변질됐으나 그래도 잘 관리된 불경이 정리되어 탑처럼 쌓여 있었다.

"어찌할꼬……."

혜만에게서 근심 어린 목소리가 흘러나왔다.

혈근경. 소림사의 숙원을 풀 수 있는 마공이 강호에 등장했다가 사라진 지도 어언 반년이 넘었다.

원래라면 소림사 역시 비급 쟁탈전에 참전했어야 하나, 이러저러한 사정이 겹쳐서 구경만 해야 했다.

소림사가 나서게 된다면 쟁탈전이 아니라 정마대전 혹 정사대전 등으로 번질 우려가 있었기 때문이다.

무림인 만큼 은원 관계를 이리 간단히 넘길 수는 없는 노릇이었지만, 그렇다고 불학을 공부하는 소림사가 대전쟁의 계기가 되는 건 용납할 수 없었다.

아무리 치욕으로 남았던 숙원이라 할지라도 이념 그 자체를 어길 수는 없는 노릇이었다.

그러나 그 후로 사정이 나아진 것도 아니었다. 무림맹이 완승을 거두었으나, 정작 중요한 혈근경이 소림의 치욕을 풀 수 있었던 유일한 기회와 함께 한 줌의 재로 불타 없어졌다.

이후에 소림이 어떠한 반응을 보였는지는 두말할 것도 없었고, 결정을 내렸던 혜만도 난처해졌다.

그래도 다행인 건 무림맹주가 혈근경을 대신할 수 있는 수를 건네줘서 소란을 어찌어찌 진정시킬 수 있었다는 점이고, 좋지 않은 건 아직까지 그것이 소림사에 도착하지 않았다는 것이다.

마음 같아선 백팔나한이라도 보내 가져오고 싶었지만, 그렇게 되면 눈에 띄어 무슨 일이 생길지 모르니 그저 믿고 맡기라는 무림맹주와 군사의 설득에 결국 이렇게 기다리기로 하였다.

그러나 시간이 지날수록 아직 혈기가 넘치는 편인 손아래 배분에서 불만이 터져 나오려 하고 있었다.

특히나 혜자 배분의 바로 아래, 앞으로 미래를 짊어질 홍(洪)자의 목소리가 상당해서 난처했다.

얼마 전만 해도 제자와의 대화가 어찌나 골치 아프던지.

'마도이세나 사도천이 아닌, 같은 구파일방의 제자로 인해 이리될 줄이야. 그러니 부디 반야신공을 한시라도 빨리 전달해 주시오.'

혜만은 이때만 해도 설마하니 그 전달자가 혈근경 사태로 인해 문제가 됐던 매화정검일 줄은 상상조차 하지 못했다.

*　　　*　　　*

"……?"

차가 차갑게 식은 지 한참이다. 일다경도 아니고 반 시진이 지났을 때쯤, 고개가 절로 기울여졌다.

아무리 암호문을 사용했다고 하지만, 전달이 늦어도 너무 늦는다. 지금 자신의 품에 있는 것이 무엇인지 안다면 일각도 되기 전에 누군가 헐레벌떡 달려왔어야 한다.

그런데 달려오기는커녕 지객당에 온 뒤로 누구도 들어오지 않으니 의아할 따름이었다.

늦는다고 언질이라도 주었다면 모를까, 아무런 말도 없었으니 이러지도 저러지도 못하고 있었다.

"오랫동안 기다리셨소."

어찌 된 일인지 알아보려 자리에서 일어나려고 할 때쯤, 마침 그 순간에 맞춰 문이 열리면서 승려가 들어왔다.

그러나 겉모습부터 예사롭지 않은 승려였다.

법복 차림인데도 확연히 보이는 근육들이야 소림사의 외가무공이 워낙 잘 발달되어 이상하진 않다.

다만 칠 척에 가까운 신장이나 험상궂은 얼굴을 보면 부처라기보다는 수라를 연상시켰다.

'초절정인가?'

무위를 가늠해 보니 그쯤 되는 듯하다. 그것도 하위가 아니라 상위에 속했다.

'응?'

얼굴이 어디선가 낯익었는데, 누군지 떠올리지는 못했
다.

조금만 더 깊이 생각해 보면 떠올릴 수 있을 것 같았으나
무승이 따라오라고 해서 먼저 발걸음부터 옮겨야 했다.

처음에는 팔대호원(八大護院)에 둘러싸인 방장실로 가나
싶었으나 가벼이 지나쳤다.

크고 작은 전각을 지나쳐 경내의 깊숙한 곳까지 들어갈
수록 마주치는 사람들이 줄어들었다.

그동안 지나쳐 오면서 상당한 인사를 받았는데 아무래도
동행하고 있는 승려의 배분이 높은 듯했다.

얼굴이 낯이 익은 걸 보면 전생에서도 제법 이름이 알려
진 승려가 아닌가 싶어 기억력을 더듬어 갔다.

기억이 날듯 말 듯할 때쯤, 돌로 된 불탑들이 늘어진 숲
을 지나 한적한 곳에 도착하자 승려가 발걸음을 멈췄다. 여
기까지 오는 동안 봤던 그 많은 사람들은 물론이고 개미 새
끼 한 마리도 보이지 않았다.

'무언가 이상하다.'

전란을 겪으면서 예리해진 감이 경고하고 있었다.

무겁게 가라앉은 분위기가 피부를 쿡쿡 찌른다.

"매화정검, 주서천."

승려가 주먹을 쥐락펴락하면서 읊조렸다.

"어째서 불태운 거요?"

"예?"

"혈근경."

여태껏 얼굴조차 제대로 보여 주지 않았던 승려가 몸을 돌려 똑바로 섰다.

얼굴에 묻어나는 그 감정이 분노는 아니었으나 어딘가 모르게 탐탁지 않게 여기는 느낌이다.

'무엇인가 잘못됐다.'

주서천이 뒷걸음질 쳤다.

"그건 원래 소림사가 처리해야 할 일이었소. 내 알기론 그대가 몰랐던 것도 아니라고 들었는데, 알고도 저지른 이유가 무엇인지 궁금하여 자리를 만들었지."

"뉘신지 모르겠으나 전 이런 곳에 있을 때가……."

"고불경, 반야신공을 말하는 거면 나도 알고 있으니 걱정 마시오."

'도대체 뭐야?'

반야신공의 암호명을 알고 있는 사람은 소수다.

그 사실이 주서천을 더더욱 혼란케 했다.

반야신공을 알고 있음에도 불구하고 어째서 자신을 이런 곳까지 불러 지난날의 혈근경에 대한 추궁을 하는 것인지 이해가 되지 않았다.

"본 문의 신공을 전달하는 임무를 수행해 준 것은 고맙게 생각하오. 그러나 잘잘못은 따져야 하지 않겠소?"

얼굴이 점차 험악해졌다.

"스님은 뉘시오?"

"이런, 통성명조차 하지 않은 건 용서해 주시기 바라오. 소승은 홍고(洪高)라 하오."

"……!"

주서천이 깜짝 놀란 듯 눈을 휘둥그레 떴다.

'어디선가 봤다 싶더니, 신권(神拳)이잖아!'

신권, 홍고!

훗날 신승을 이어 소림을 이끌 방장의 이름이다.

어릴 적부터 무공에 천부적인 자질을 보여 신승의 제자로 들어갔으며, 홍자 배분 중에서도 제일로 높다.

다만 정말로 중요한 건 이런 게 아니었다.

'전란에서 나한들을 이끌어 끝까지 버텼다가, 끝내 영웅들과 힘을 합하여 회주에게 치명상을 입힌 고수!'

신승은 나이가 많아 그다지 오래 버티지 못하고 전란의 시대 도중 열반에 든다.

그리고 그를 대신하여 소림사의 방장으로 추대를 받은 승려가 바로 눈앞의 홍고였다.

참고로 신권이란 건 훗날 눈썹이 새하얗게 될 때 즈음에 얻는 별호다. 지금의 홍고는 아직 중년이었다.

"백보권승(百步拳僧)을 뵙습니다."

주서천이 얼른 인사했다.

강호의 선배를 향한 인사이기도 하나, 단순히 그것만은 아니었다. 미래이자 과거, 전란의 시대에서 활약하여 여러 사람들을 구원한 영웅에 대한 예의였다.

홍고도 반장을 하며 가볍게 인사했다. 그러나 그 목소리는 여전히 불만이 가득했다.

'낭패로군!'

주서천이 속으로 혀를 찼다.

훗날 소림의 방장이자 상천십좌인 영웅을 만난 건 좋은데, 별로 좋지 않은 시기에 만났다.

사실상 지금 가장 만나고 싶지 않은 사람이었다.

'하필이면 소림의 명예를 목숨보다 아끼는 걸 넘어 집착하는 양반을 만나다니, 운도 지지리 없지.'

다음 대 방장이자 신승으로 불릴 홍고는 명예를 중시하는 전형적인 정파인이었다.

구파일방의 일원으로서 이해 못 하는 건 아니었으나, 불학을 공부하는 승려치곤 자존심이 심히 높았다.

젊었을 적엔 특히 이 점이 유독 심하여 강호만 출두하면 이와 관련된 문제로 사고까지 쳤다고 한다.

다만 특이한 것이 이 명예에 대한 집착은 개인이 아닌 소림사에 중점을 두었다는 것이었다.

즉, 홍고라는 개인에 대한 욕설을 들어도 아무렇지 않게 넘기거나 혹은 자신에 대해 고찰하며 반성했다.

그러나 그 욕설이나 비난이 혹 사문으로 향한다면 화를 참지 못했는데, 이게 유독 심하였다.

'신권 앞에서 그를 욕하되 소림은 욕하지 말라.'

훗날 강호에 떠돌 말이다.

'그 집착이 소림을 전성기로 이끌었으니 나쁜 것만은 아니지만……'

홍고가 지닌 소림사에 대한 자부심은 몹시 대단했고, 이를 더럽히지 않으려 무공을 수련하였다.

재능도 재능이지만 그 집념이 있었기에 일찍이 무(武)에 대한 꽃을 피워 훗날의 신권이 됐다.

무엇보다 홍고가 대단했던 건 개인의 무위가 아니라 방장이 되기 전부터 한 후계 양성에 있었다.

소림의 권위나 명예를 실추시키고 싶지 않았던 그는 이를 유지시키기 위해 갖은 노력을 했고, 그 결과 후학들 중에서도 고수들을 여럿 배출했다.

당시에는 무에 대한 탐욕이 과하다면서 삼독(三毒)에 빠진 것이 아니냐며 소림 내에서도 비난을 받았다.

그러나 얼마 뒤 전란의 시대가 찾아오면서 활약해 비난은커녕 찬사를 받아 만장일치로 방장에 올랐다.

'지금의 나에겐 만나고 싶지 않은 인물이란 말이다!'

노년에는 그래도 성질이라도 죽였지, 지금은 한창인지라 현 방장과도 마찰이 있다 할 정도다.

"소승의 의문을 풀어 주시겠소?"

홍고가 눈을 부라리면서 은근슬쩍 압박을 줬다.

'소림에 널린 것이 중이거늘, 하필이면……'

한숨이 입 바깥으로 빠져나오려는 걸 가까스로 참았다. 골치가 아파 오려는 듯 머리가 지끈거렸다.

지금 이 상황에서 제일 만나고 싶지 않은 사람이 보란 듯이 나타나다니. 최악이었다.

'아니, 잠깐.'

주서천의 눈이 가늘어졌다.

'무언가가 이상하다.'

홍고의 신분이 낮은 건 아니다. 그러나 실전된 비급, 그것도 신공을 홀로 회수할 정도는 아니었다.

아무리 소림 내에서 위치가 높다 할지라도 방장 본인이거나 혹은 소림의 여러 불경과 비급을 책임지는 장경각주(藏經閣主)가 아닌 한 힘들다.

"그 전에, 제가 신공을 전달하려는 사실을 방장께서도

아는지 여쭙고 싶습니다."

홍고의 굵직한 눈썹이 구부러졌다.

'역시나!'

최우선으로 해야 할 것은 누가 뭐라 해도 반야신공의 회수다. 그걸 뒤로한 것이 이상했다.

무엇보다 소림의 숙원을 풀 수 있었던 기회를 없앤 것을 반야신공으로 눈감아 주기로 하지 않았나.

눈앞의 험상궂은 인상의 승려가 가짜일 리는 없을 것이고, 아마 독단으로 행동했을 가능성이 컸다.

'신권이 젊었을 적에 혈기를 주체할 수 없었다고 해서 많아 봤자 삼십 대라고 생각했는데, 설마하니 중년이 돼서도 이리 막무가내로 행동할 줄은 몰랐다.'

연령을 보자면 대충 마흔 살 정도 된 것 같다. 아직 완전한 중년은 아니지만 그래도 혈기가 넘칠 때는 아니거늘, 명예만 관련되면 공사를 구분하지 못했다.

이 집착은 그야말로 양날의 검이다. 최종적으로는 소림을 강하게 만들었으나, 눈앞을 흐리게 했다.

그가 정말로 소림을 제대로 이끌어 전란의 시대에 활약할지 벌써부터 걱정이 들었다.

"저에 대해 관심을 가져 주시는 것은 감사합니다만, 백보권승께서도 알다시피 제가 임무를 수행 중인지라 한시라도 빨리 이것을 전하고 싶은 걸 부디 이해해 주셨으면 합니다."

주서천이 허리를 숙여 공손한 어조로 답했다.

홍고와는 친하게 지내고 싶었다.

"소승이 뭘 추궁하려는 것도 아니고, 그저 가벼이 던진 질문에 답해 주셨으면 하는 바요."

그러나 홍고는 쉬이 넘어갈 생각이 없는 듯했다.

독단인 것을 알고 있다며 돌려 말했음에도 홍고는 모르는 척하며 끝까지 고집을 부렸다.

"어찌하여 혈근경을 불태운 거요?"

'아, 미치겠네!'

남만에는 사람 말을 따라하여 반복한다는 앵무(鸚鵡)라는 새가 있다 한다던데, 홍고가 딱 그랬다.

승려는 눈을 부릅뜬 채로 불경 대신 같은 질문을 몇 번이나 던졌다.

말하지 않으면 당장이라도 저 큼지막한 손으로 위협할 것 같은 기세다.

'임무를 들먹이면서 강하게 나갈 수도 있지만…….'

분위기를 험악하게 만들어 관계를 틀고 싶진 않았다.

"아실지 모르겠으나, 그 당시 쟁탈전이 매우 격렬하였습니다. 혈승이라는 과거의 마두를 두고 눈을 벌겋게 뜬 채 누군가를 죽이는 것이 얼마나 어리석은 짓입니까."

어디서 본 건 있어서 점잖은 어조로 그럴싸한 거짓말을 했다. 따지고 보면 전부 거짓말을 한 건 아니다.

"매화정검께선 그 낯이 질긴 모양이오."

부처의 자비는커녕 수라의 분노만 보였다.

"방금 전에도 말했다시피 그러한 판단을 내리는 건 매화정검도, 화산파도, 무림맹도 아닌 소림이오. 무엇보다 혈근경은 소림사에게 전달된다는 사항이 알려지지 않았소? 혹시 말하지만 몰랐다는 말은 하지 마시오. 그대가 만약 정말로 모르고 저질렀다면 이렇게 의아해하지도 않았을 거요."

'이렇게까지 골치 아플 줄이야.'

어떤 대답을 듣든 간에 끝을 볼 생각이었다. 상황은 최악으로 치닫고 있었다.

"그만!"

어찌해야 할지 고민하고 있을 때, 불호령이 떨어졌다.

"……!"

홍고가 몸을 움찔 떨었고, 주서천은 몸을 돌렸다.

'저 사람은 혹시……!'

그다지 크지 않은 체구, 그러나 겉모습과 달리 느껴지는 분위기는 압도적이다.

새하얀 눈썹이 유난히 길고, 잘 다듬어진 수염 역시 눈부실 정도로 새하얗다.

주서천은 눈앞의 노승(老僧)을 보고 직감적으로 그가 현 방장이자 상천십좌인 신승이라는 걸 깨달았다.

"사부님……."

아니나 다를까 홍고의 중얼거림이 추측을 뒷받침한다.

"지금 무슨 행동을 하고 있는지 알고는 있느냐?"

신승, 혜만이 노기 어린 목소리로 물었으나 홍고는 말없 이 허리만 숙일 뿐 아무 말도 하지 못했다.

"신공의 전달 사실은 누가 들었든 간에 알렸어야 하거 늘, 어찌하여 그걸 숨겼느냐. 네가 입막음하려던 아이가 의 아함을 느껴 고하지 않았더라면 필시 큰일이 일어났겠지."

소수만 알아챌 수 있던 암호문으로 둔갑한 방문록은 문 앞을 지키던 승려가 최초로 건네받았다. 그러나 보고되던 중 하필이면 홍고를 거치게 됐다.

만약 신공의 전달자가 타인이었다면 이런 일을 저지르지 않았겠으나, 주서천이란 걸 듣고 생각이 바뀌었다.

"이 일을 그냥 넘어갈 생각은 하지 말거라."

第七章
백보권승(百步拳僧)

　주서천은 방장실로 되돌아와 혜만과 독대했다.

　"나무아미타불, 주 시주께 못난 제자가 큰 결례를 저질렀습니다. 부디 용서해 주십시오."

　"신승께서는 말을 편히 해 주십시오."

　화산의 장문인과 동일한 배분, 심지어 소림의 현 방장이자 상천십좌가 극존칭을 쓰자 주서천이 기겁했다.

　혜만은 언제 노기를 드러냈었냐는 듯이 인자하게 웃으며 말했다.

　"최근에 확인한 사실에 의하면 전달자가 신공을 발견하고, 또 안전하게 운반했다고 들었습니다. 하오면 주 시주께서는 소림의 은인일진대 어찌하여 말을 편히 하겠습니까?"

"신공을 찾은 것은 단순히 운이 좋았을 뿐이고, 소림에 전달하는 것은 무림인으로서 당연한 일을 했을 뿐입니다. 그러니 부디 신승께서는 말을 편히 놓아주십시오."

주서천이 빌 듯이 애원했다.

실제로 위가 저릿저릿 아파 와서 버티기 힘들었다.

"내 그럼 그리하겠네."

결국 몇 차례 애원한 끝에 편해질 수 있었다.

"그나저나……."

혜만은 실눈을 뜨곤 주서천을 놀랍다는 듯이 쳐다봤다.

"강호의 소문은 으레 과장된 법이네만, 주 시주를 보면 그건 또 아닌 것 같구먼. 과소평가되었어."

처음에 소식을 듣고 달려갔을 때는 제자의 경솔한 행동을 탓하느라 그다지 신경 쓰지 못했다.

그러나 그를 방장실로 데려와 직접 달인 차를 대접하고 있을 때, 숨겨진 무위를 보고 깜짝 놀랐다.

아직 약관 정도밖에 되지 않은 청년이 절정이나 초절정이 아닌 화경에 올랐을 때는 눈을 의심했었다.

'허어! 화산에 이러한 인재가 있을 줄이야!'

천하제일이라 일컬어지는 소림에서조차 서른도 전에 화경에 오른 경우는 고금에서도 손에 꼽는다.

소림의 치부이며 동시에 전무후무했던 재능의 소유자였던 혈승조차 이 정도는 아니었다.

'나무아미타불. 맹주가 그리 자신했던 이유를 이제야 알겠구나.'

누구인지는 밝힐 수 없으나 안전성만큼은 걱정할 것 없을 것이라며 호언장담했다.

혜만은 그 말을 듣고 천하백대고수로 구성된 특무대라도 보낸 것은 아닌가 등의 온갖 추측을 했다.

그러나 예상과는 전혀 달랐다. 특무대는커녕 고작 한 명에게 맡겼으나, 그 한 명이 화경의 고수였다.

눈앞에 있지 않다면 혜만조차 믿지 않았을 것이다.

그도 그럴 것이 서른은커녕 고작 약관밖에 되지 않았거늘 화경에 올랐다니. 어디 말이나 되는 소리인가.

'이렇게 어린데 화경에 오르다니. 재능이 보통 뛰어난 게 아니다. 게다가 무골(武骨)까지 타고났으니 정말 무공을 위한 아이로구나.'

주서천의 무골은 그저 그랬지만, 환골탈태한 이후로 무공에 적합한 육체와 골격을 얻었다.

그러니 신승이 오해하는 것도 이상하지 않았다.

'이 정도 되는 재능이라 하면 자만하기 마련이거늘, 그러기는커녕 겸손하기만 하고……'

혈기 어린 나이라면 보통 자랑하고 싶은 마음이 앞서기 마련이다. 명문대파 출신이면 더더욱 그렇다.

하나 매화정검에 대해 알려진 것은 비교적 최근이 아닌가. 물론 그 전에도 별호는 있었지만 알다시피 봉추였다.

'눈 또한 이리 맑거늘, 비록 잠시라도 주 시주에게 어떠한 의도가 있었다고 의심한 것이 부끄럽도다.'

혜만은 속으로 불호를 외며 반성했다.

"혈근경을 불태워 소림의 숙원을 풀 기회를 없앤 것은 정말 죄송하게 생각하고 있습니다. 이 어리석은 후학을 부디 용서해 주십시오."

주서천이 극진한 예우를 담아 인사했다.

"아닐세. 주 시주는 마공서로 인해 사람들이 싸우는 것을 원치 않은 순수한 의도로 그러지 않았는가. 게다가 이렇게 직접 찾아와 사과까지 했을뿐더러 무엇보다 실전된 신공을 되찾아 주었네."

'휴우!'

대화가 부드럽게 진행되자 주서천이 속으로 안도의 한숨을 내쉬었다.

'신공이 아니었더라면 척을 졌을지도 모르겠군.'

이러한 분위기도 반야신공이 없다면 불가능했다. 미리 손에 넣어서 천만다행이라는 생각이 들었다.

"그렇다면 임무도 무사히 완수했으니, 저는 이만 가 보도록 하겠습니다."

"아니, 벌써 갈 생각인가?"

혜만이 눈을 휘둥그레 떴다.

"아무리 절이라 할지라도 은인을 푸대접할 정도로 힘들지는 않네. 무엇보다 이 낭보를 한시라도 빨리 알려 여럿에게 성대한 환영을 받아야 하지 않겠나."

소림이 어디 보통 절인가. 속가제자들이 보내오는 공양만 해도 재정적으로 충분히 풍족하다.

혜만의 말에 주서천은 그저 쓰게 웃기만 하였다.

실전된 무공, 그것도 반야신공을 전달해 준 것은 확실히 문파의 은인이다.

그러나 그 은인이 동시에 소림의 숙원을 풀 수 있던 기회를 없애 버린 장본인이기도 했다.

혜만처럼 신경 쓰지 않는 사람도 있으나, 홍고처럼 그렇지 않은 사람도 있다.

아무리 승려라 할지라도 열반에 오르지 않은 이상 분노나 적의가 없을 수는 없는 노릇이었다.

무엇보다 괜히 성가신 일에 엮일까 싶어 걱정됐다.

"아닙니다. 저도 시간적인 여유가 있다면 좀 더 신세를 질 생각이었으나, 아무래도 수행하고 있는 임무가 있어 그렇게 오래 있지는 못합니다."

"그런가."

혜만이 아쉬운 얼굴로 입맛을 다셨다.

주서천이 그런 혜만을 보고 물었다.

"혹 무언가 부탁하실 일이라도 있으십니까? 제가 할 수 있는 일이라면 도와 드리겠습니다."

소림의 부탁이라면 웬만하면 들어주는 편이 좋았다. 미래에도 도움이 될 테니까.

"그게 정말인가?"

혜만의 안색이 금세 환해졌다.

주서천은 속으로 괜히 말을 꺼냈나 싶어 후회하면서도, 고개를 주억거렸다.

혜만의 부탁은 다행히 그렇게 어려운 것은 아니었으나, 주서천 입장에선 조금 곤혹스러운 일이었다.

"홍고와 비무를 해 줬으면 하네."

소림의 방장인 혜만에게는 언제나 고민이 여럿 있었으나, 그중에서도 제법 오래된 고민이 하나 있었다.

백보권승, 홍고. 하나뿐인 제자의 일이었다.

홍고는 타고난 무재였다. 소림 역사상 손꼽힐 정도는 아니었으나 그래도 최고수의 재목이었다.

어릴 적부터 누구보다 부지런하여 일생에 나태라는 말을

모르고 살아오며 무공도 불학도 열심히 했다.

성실함도 성실함이지만 남을 배려하는 마음 등의 성품도 나쁘지 않았다.

또한 항상 자신을 낮추는 겸손함을 가지고 있어 소림 내의 동자승에게조차 함부로 대하지 않았다.

어릴 적부터 온갖 예쁨을 받으며 자라 왔음에도 불구하고 자만에 빠지지 않아 위 배분의 승려들이 그를 보고 깨우침을 얻을 정도로 흠잡을 것 하나 없었다.

굳이 특이 사항을 꼽자면 평소의 가르침이나 소림에 대한 자부심이 조금 과한 정도였으나 그걸 이상하게 여기는 사람은 그 누구도 없었다.

사문이나 스승의 가르침에 자부심을 갖는 것이 무엇이 이상한가. 하물며 태산북두 소림의 가르침이다.

그러나 홍고가 강호에 출두할 무렵, 혜만은 이 이상함을 진작 느꼈어야 했다고 통탄했다.

"홍고 그 아이는 소림 외에 다른 곳들을 경시하고 있다네."

홍고는 누가 자신을 욕보여도 뭐라 하지 않았다. 화내기는커녕 옅게 웃을 정도라 한때는 활불이라 불렸을 정도였다.

심지어 철천지원수인 마도인에게 뭐라 들었을 때도 대수

롭지 않게 여겼다.

그러나 그다음 사문을 욕하는 말을 들었을 때, 홍고는 눈을 까뒤집으면서 승려가 아닌 수라가 됐다.

무림인에게 있어 사문을 욕보이는 것은 곧 부모나 집안 전체를 욕먹는 것이니 화내는 것도 전혀 이상하지 않았으나 홍고는 그 정도가 심했다.

심지어 언제는 정파인과의 대화 중에서 약간의 비아냥을 듣고 그 상대를 죽기 직전까지 만들었다.

도인도 아니고 분노를 삼독 중 일독으로 지정하고 살생을 금해야 하는 승려가 그리 행동하니 문제였다.

혜만은 그제야 제자의 심각함을 느껴 몇 번이나 혼내고 가르침을 줬으나, 이미 때는 늦은 이후였다.

"사문이 제일이라는 자부심 자체는 나쁘지 않네만, 정도가 과한 것이 문제야. 그 외의 공부를 경원시하고 있다간 오만이라는 어리석음에 빠질 걸세."

보통 그러한 자만은 강호에서 겪는 쓰디쓴 패배에 해소되곤 했지만, 홍고에게는 해당되지 않았다.

홍고는 천하제일이라 생각되는 소림의 무공을 수련했음에도 패배라는 사실을 용서할 수 없었다. 그래서 남들보다 비상한 재능을 지녔음에도 불구하고도 더한 수련을 겪으며 강해져 누구에게도 지지 않았다.

한데 그 노력을 순전히 소림의 가르침과 무공 덕이라 여기니 그건 그거대로 대단한 사고방식이었다.

'끄응.'

주서천이 앓는 소리를 내려다 참았다.

홍고를 상대하는 것 자체는 어렵지 않다. 초절정이라면 살의를 내지 않고도 제압할 자신이 있었다.

경험이 적으면 또 모를까, 비록 그가 전생에서 하수나 중수와의 전란만 겪었어도 그 횟수는 많았다.

'내가 이렇게 멋대로 개입해도 되나?'

제갈승계야 개입하지 않으면 비참한 삶을 살다 최후를 맞이한다.

그러나 그 외의 영웅들은 가만히 내버려 둬도 알아서 성장했다. 굳이 건드릴 필요가 없었다.

홍고가 비록 전란 전에 여러모로 사고를 쳤어도 결과적으로 보면 소림의 영웅으로 성장했다.

결과가 바뀔 것이 두려웠고, 무엇보다 그렇지 않아도 인상이 좋지 않은데 괜히 엮이고 싶지 않았다.

"못난 제자를 둔 이 노승을 도와주게나."

"시, 신승!"

신승이 염주 알을 굴리며 허리를 숙이려 하자 주서천이 재차 기겁하면서 말렸다.

"하겠습니다! 그러니 부디 이러지 말아 주십시오!"

"나무아미타불. 고맙네, 고마워."

*　　　*　　　*

홍고는 혜만의 분노를 이해하나 또 다른 한편으로는 이해할 수 없었다.

영순위로 보고해야 할 신공의 전달 소식을 먼저 알리지 않은 죄는 확실히 크다.

그러나 그 전에 혈근경을 불태운 책임을 추궁하는 것까지 꾸중을 들은 것은 도저히 이해할 수 없었다.

반야신공도 중요하지만 소림의 씻을 수 없었던 치욕을 청산할 수 있었던 기회도 중요하지 않았나.

아무리 무림맹과 약조했다고 할지라도 강호의 은원 관계란 것이 있는데 천하의 소림이 그냥 넘어간다는 사실 자체가 홍고에게 있어선 납득하기 어려운 일이었다.

그래서 이와 같은 일이 벌어지는 것을 참을 수 없어 보고를 생략하고 그를 따로 불렀다.

자신이 입막음한 승려에 대한 원망은 없었다. 아무리 소림을 위해서라도 보고를 무시하고 독단으로 죄를 저지른 것이니 반대로 옳은 행동이라 생각했다.

"나무아미타불."

오늘 일어난 일은 면박을 충분히 각오하고 한 행동이었다. 그만큼 답을 듣지 못해 아쉬웠다.

"사부님, 약조하신 것이 정말입니까?"

홍고가 실눈을 뜨곤 혜만을 힐끗 쳐다보며 묻자, 혜만이 고개를 위아래로 끄덕이며 답하였다.

"주 시주와의 비무에서 이긴다면 내 네 죄를 감면해 줄 뿐만 아니라 어떠한 질문이든 할 수 있도록 허해 주마. 그러나 이기지 못한다면 주 시주에 대한 좋지 못한 감정을 해소하고 사죄해야 할 게다."

"아미타불."

홍고가 반장하며 불호를 외웠다.

"그리되었으니 잘 부탁하겠소, 주 시주."

"저야말로 잘 부탁하겠습니다."

주서천이 머리를 긁적이며 포권으로 답했다.

"삼 초를 양보하겠소."

홍고가 당연하다는 듯이 말했다.

비무의 시작 전, 혜만이 쉬이 이길 수 없다 경고했으나 홍고는 그 말에 귀 기울이지 않았다.

매화정검이 아무리 최근에 뜨는 신성이라곤 하나, 그 소문들을 그대로 믿을 수는 없는 노릇이었다.

강호의 소문이라는 것은 으레 과장되는 법이며, 혈근경 쟁탈전 때 매화정검의 상대였던 산화일장도 그때는 이미 지쳐 있던 상태였다고 들었다.

무엇보다 홍고에게 있어 윗 배분 외에 패배란 어불성설 그 자체. 한 번도 허가하지 않았던 영역이다.

심지어 구파일방 출신의 정식 제자이며 윗 배분인 고수를 이긴 적도 있었다.

강호에 나가 무수한 경험까지 쌓은 홍고에게 있어 주서천은 재능이 조금 뛰어난 후배에 불과했다.

"그럼 그리하겠습니다."

주서천은 사양하지 않기로 했다.

'힘 조절을 잘하자.'

전력을 다하면 일 초에 제압하는 것도 문제가 아니지만, 그러면 홍고의 체면이 말이 아니다.

향후의 관계를 위해서라도 납득할 만한 승부를 보여 주는 편이 좋았다.

'백보권승의 젊을 적 무위는 어느 정도나 될까?'

그래도 전생에는 영웅이었고 권의 초고수였다. 비록 젊었을 시절이라 해도 우습게 보지는 않았다.

무심코 익숙해진 유령보를 펼치려다가, 자연스레 발걸음을 바꿔 신행백변으로 전환해 거리를 좁혔다.

"흡!"

그런데 그 속도가 보통이 아니다. 유령신공 덕에 은밀함도 더해져서 발걸음 소리조차 옅어졌다.

은연중, 아니 대놓고 주서천을 우습게 여기고 있던 홍고는 생각 외의 움직임에 상당히 놀랐다.

중의 코앞에 나타난 젊은 도사는 그가 놀라든 말든 손에 쥔 검으로 눈부신 빠르기의 찌르기를 날렸다.

어떠한 초식이 아닌 그저 찌르기에 불과했으나 화경이 내지른 만큼 그 힘과 속력이 보통이 아니다.

이에 홍고가 흠칫 놀라는 모습을 보이면서도 침착을 유지하면서 금강상처럼 제자리에 우두커니 섰다.

아니, 제자리에 서 있는 것처럼 보이도록 착각을 일으킬 정도로 미세하게 움직였다.

파앙!

검극이 유성처럼 궤적을 그려 내며 대기를 뚫는다. 그 끝에는 홍고의 흉부가 놓여 있었다.

하나 신기하게도 검극이 닿기 전, 분명 사정 내에 위치해 있던 홍고의 몸이 뒤로 스르륵 밀려났다.

아니, 밀렸다기보다 이동했다는 표현이 맞으리라.

하수가 이 자리에 있었다면 홍고는 미동도 하지 않았고, 검극은 그 앞에서 멈췄다고 생각했을 것이다.

'금강부동신법(金剛不動身法)!'

주서천이 호, 하고 감탄사를 내뱉었다.

소림의 절기이기도 한 금강부동신법은 분명 몸을 움직이는 법임에도, 움직이지 않는 것처럼 보인다.

마치 산처럼, 그리고 오랫동안 흔들리지 않고 기둥이 되어 정파를 받드는 것처럼 서 있다.

주서천 본인 역시 무공의 수위가 낮았다면 그리 보았을지 모른다. 그러나 그의 눈엔 확실히 보였다.

'피했다?'

한편, 그 장본인인 홍고도 놀란 건 매한가지였다.

삼 초를 양보한다 했던 그는 피할 생각이 아닌 막을 생각이었다. 피하는 행위 자체가 자존심이 상해서다.

그런데 어찌 된 영문인지 몸이 반사적으로 움직였다.

'우연인가?'

홍고는 주서천이 자기 아래라 생각했으나, 그렇다고 하수라고 얕보진 않았다.

절정에 이르는 검수가 찌르기에 혼신의 힘을 다했다 한다면 확실히 위협적인 일격이 나올 만하다.

'아니, 전력이긴 한 건가?'

다음 초식이 곧장 이어질 것 같았는데 아니었다.

살짝 놀란 듯 눈을 크게 뜬 주서천을 슥 훑어봤다.

일 초식이라 한다 할지라도 전력을 다했다면 땀방울을 내기 마련인데 호흡에서조차 변화가 없다.

어쩌면 생각보다 어려운 비무가 될지도 모른다는 불안감이 불현듯 들었다.

'공격으로 응수해야 한다.'

머릿속에서 경종이 울렸다. 그러나 삼 초를 양보한다는 말 탓에 그럴 수가 없었다.

"후!"

주서천이 검을 회수했다 자세를 바꾼다. 몸을 살짝 낮추고 까치발을 섰다.

타앗!

흙먼지가 위로 치솟았다. 주서천이 밟고 있던 자리에 발자국이 움푹 들어가며 남았다.

화살처럼 쏘아진 그 몸은 홍고와의 거리를 재차 좁히면서 날아가 지척까지 다가갔다.

전신에 기로 몸의 운동성을 활성화한 주서천은 나비처럼 날아서 홍고의 품 안으로 들어섰다.

이초식인 매화접무가 끝나자마자 이내 삼초식인 매화토염(梅花吐艶)으로 이어진다.

검에서 뱉어진 검기 자락이 홍고의 시야를 집어삼키면서 매섭게 피어올랐다.

"허! 이십사수매화검법!"

혜만이 한눈에 알아보며 탄성을 자아냈다. 오직 매화검수에게만 허락된 절기가 펼쳐지자 놀랐다.

무엇보다 강호를 유람하던 시절 보았던 어떠한 매화보다 아름답게 피어나는 걸 보고 대경했다.

'세간에선 운이 좋아 영약을 먹고 고수가 되었다고 했거늘, 순 헛소문이었구나. 정말로 그 이상이로다.'

생각 이상으로 대단했다.

저건 영약으로 어떻게 될 수 있는 경지가 아니다. 머릿속에선 화산의 장문인이자 상천십좌 중 일인인 검선이 스쳐 지나갔다.

홍고 역시 이십사수매화검법을 알아보았다. 과거에 후기지수들과의 교류를 통해서 겪었다.

그러나 그중에서 누구도 주서천만큼 매화의 검을 펼쳐내진 못했다.

'이런!'

홍고의 발걸음이 바빠졌다. 금강부동신법으로 피하기에는 검기의 숫자가 너무 많았다.

하단전에서 그 중심이 되는 정순한 내공이 움직였다.

안전성만큼은 확실한 정파의 무공. 소림의 내공심법 덕에 급격하게 끌어 올렸음에도 문제없다.

홍고는 주저하지 않고 일권을 내질렀다. 그저 내지른 것이 아니라, 권압을 넓게 펼쳐 바람을 불렀다.

뻗어진 주먹 끝에서 바람이 불면서 날아오는 검기 다발과 부딪쳤다.

퍼퍼퍼펑!

검기의 수는 적지 않으나 그렇게까지 막기 힘든 건 아니다. 공력이 분산된 만큼 권풍에 흩어졌다.

'삼 초를 전부 양보했다!'

매화토염으론 부족하다. 사초식인 매개이도까지 이어져야 방금 전의 공격이 가능했다.

제한이 풀린 홍고가 재빨리 움직였다. 자존심은 상하나 전심전력을 다하지 않으면 위험한 걸 알았다.

'단숨에 끝내야 한다!'

홍고는 왠지 모를 불안감을 느꼈다. 강호 바깥에 나가서도 이러한 불안과 위험을 느낀 적은 드물었다.

그래서 지금 만큼은 힘을 숨기지 않도록 했다. 승려답게 살의를 담지는 않았으나 투기는 상당했다.

금강석처럼 잘 단련된 몸을 미세하게 움직인다. 움직임은 적었지만 하나하나에서 강맹함이 느껴졌다.

발을 내디디고, 주먹을 내지른다. 법복 위에서도 잘 보이는 우락부락한 근육들이 움직이며 힘을 냈다.

금강석을 연상시키는 그 굳건한 주먹이 나아갔다. 지나간 곳은 공기가 터지면서 폭음을 내려 했으나, 그것조차도 주먹의 강맹함에 짓뭉개졌다.

금강권(金剛拳)!

금강권 자체로는 최상승 무공은 아니다. 권을 일절로 하는 홍고의 최고 절기도 아니었다.

그러나 금강부동신법을 운용 중일 때는 어떠한 권법보다도 최고의 효율을 자랑했다.

그 강맹함은 몹시 단단하여 마치 금강석과 같아 이러한 이름이 붙여졌고, 속도는 없지만 몹시 강했다.

무엇보다 지금같이 적당한 거리를 두고, 탐색전이 아닌 전력전을 하고 있을 때는 그 용도가 몹시 탁월하였다.

먼 거리라면 사정거리가 짧아 닿지 않고, 그렇다고 근접한다면 동작이 워낙 커서 제대로 펼칠 수 없다.

거리가 적당하다 할지라도 탐색전 도중이라면 동작이 느릿한 탓에 피하기가 쉬웠다.

그러나 적당한 거리에다가 상황이 탐색이 아니라면 이보다 적절한 무공은 없었다.

'이것이, 신권인가.'

날아오는 주먹을 본다. 주먹 뒤에 신권이 있었다.

날아오는 주먹을 살폈다. 과거가 연상됐다.

날아오는 주먹을 담는다. 감탄사가 흘러나왔다.

그 일권에는 어떠한 마두나 사마외도도 버티지 못했다. 이 주먹은 훗날 무림을 구하는 데 쓰이게 된다.

전혀 보지 못했던 주먹인데, 눈앞에 보였다.

멀리서 그 그림자만 훔쳐봤는데 이젠 아니다.

비록 이젠 없었던 사실이 된 역사임에도 어째서인지 그 기억을 떠올리자 무언가가 울컥 치솟았다.

'아아! 그야말로 숭산의 주먹이로구나!'

그 주먹을 정면으로 받아 낸다는 것이 좋았다. 왠지 모르게 갑자기 입꼬리가 슬쩍 올랐다.

주서천은 살짝 웃었다가, 표정을 되돌리면서 몸을 움직였다. 그제야 세상도 움직인다.

발걸음은 유령신공의 영향인지 기척이 적지만, 그래도 발걸음부터 몸놀림은 화산의 신행백변이었다.

피하진 않는다. 그저 응수를 위한 자세를 취했다.

주먹을 감싸 안은 권압에 맞춰서, 검에 실린 기의 압을 높인 다음 주변을 베어 갈랐다.

검에서 피어오른 매화는 만개하였고, 곧 홍고의 후각을 자극하면서 매화 향을 뿜었다.

그 향이 무엇인지 인식했을 무렵, 검과 권이 부딪쳤다.

콰─앙!

그 충격이 고스란히 검과 권에 전해졌다.

주서천은 예상하고 있었기에 아무렇지 않았지만 홍고는 그 충격이 신체뿐만 아니라 마음으로 향했다.

금강권이 비록 최고 절기는 아니라도, 그 주먹에는 홍고의 일생이 고스란히 녹아들어 있었다.

흔들리지 않고 언제나 굳건히 서 있어야 하며, 모든 걸 압도할 강맹함을 지니고 있어야 했다.

실제로 그 주먹에 무릎 꿇은 자들도 상당했다. 고수들 또한 눈살을 찌푸리면서 대다수가 물러섰다.

그러나 이번에는 아니었다.

주서천은 눈살 찌푸리긴커녕 왠지 모르게 흡족하게 웃었다. 그 웃음이 왠지 모르게 마음에 걸렸다.

무엇보다 더더욱 충격적인 건, 스무 살 이상이나 차이가 나는 청년이 그 주먹을 받고 아무렇지 않아 하는 것.

또한 전심전력을 다했다는 사실이었다.

'아니! 아직이다!'

홍고는 팔을 힘껏 휘두르면서 뒤로 물러났다.

'나무아미타불!'

머릿속에서 잡념을 떨쳐 내려 했다. 놀라움을 지워 내고 평정심을 되찾아 온몸에 힘을 주었다.

꿈틀거리는 건 근육뿐만이 아니다. 피부 위로 돋아난 퍼런 핏줄만이 아니다.

사부에게 전수받았던 역근(易筋)을 근원으로 한 내기가 기맥을 타고 흘러 힘을 준다.

이 다음으로 펼칠 것은 검보다 긴 것. 백보(百步) 내외로 타격할 수 있는 신권이었다.

"홍고!"

혜만이 홍고의 분위기가 바뀌는 걸 보고 급히 외쳤다.

아무리 화경의 고수라 할지라도 아무런 준비가 되지 않은 상태에서 전력으로 펼친 백보신권을 받는다면 위험했다.

제자를 다치지 않게 제압해 달라고 요청한 상태에서 상대가 필사적으로 덤벼 온다면 어떤 일이 벌어질지 모른다.

혜만도 설마하니 홍고가 이렇게까지 할 줄 몰랐다는 표정이었다. 비무가 순식간에 생사결이 됐다.

'질 수 없다!'

홍고에게 있어 패배란 건 용납되지 않는 것이었다. 그것은 자신이 아닌 사문을 욕하는 것이기에.

소림의 무공은 천하무적이어야 하고, 그 상대가 구파일방이라면 더더욱 그렇다.

지지 말아야 한다는 강박 관념. 홍고라는 사람 자체를 구성시키는 근원이 거부하고, 이성을 마비시켰다.

모든 것이 부서지기 전의 일촉즉발의 순간.

주서천은 그저 담담히 맞이하며, 감격에 젖었다.

'아!'

자신에게 있어 홍고는 먼 나라 사람이었다.

그에게 있어 백보신권은 이름만 들은 무공이었다.

마치 오래된 이야기를 적어 둔 역사서에 있는 기분이다.

혹시 이것이 꿈이며 실은 어떠한 힘도 없는 화산오장로가 책을 읽다가 잠이 든 게 아닐까.

그러한 심심찮은 생각을 하며, 검을 든다.

'매화만리향(梅花萬里香).'

그것은, 순식간에 벌어진 일이었다.

분명히 늦게 반응한 건 주서천이었다.

홍고는 백보신권을 펼치기 전이었다.

설사 몸을 날린다 할지라도 그땐 늦는다. 백보신권이란 그러한 무공이다.

거리를 두고도 적을 격타할 수 있는 권법. 상천십좌가 아닌 이상 그 전에 공격할 수 없다.

그러나 신기하게도 그 검은 매화가 춤추듯이 너울거리면서 나아가 홍고의 어깨를 쓰다듬었다.

"크읏!"

푸풋!

법복에 기다란 선이 그어졌다. 천이 열리며 그 안에 있던 피부가 갈라져 피가 튀었다.

이제 막 백보신권을 날리려던 홍고의 몸이 멈칫했다.

고통 따윈 문제가 되지 않는다. 문제는 이대로 주먹을 뻗으면 어찌 될지였다.

홍고의 머릿속으로 주먹을 내질렀다가 검에 베여 날아오르는 팔이 지나갔다.

"이럴 수가……."

공수에 응하기도 전에 당하다니!

만약 어깨가 아니라 목, 혹은 사혈을 노렸다면 어찌 되었을지 생각하자 등골이 오싹했다.

홍고는 방금 전의 일격에 섬뜩해하면서도 손도 못 댄 채 당했다는 사실에 입을 다물지 못했다.

그의 상념을 깨우는 것은 스승인 혜만의 목소리였다.

"그동안 네가 얼마나 오만방자했는지 깨달았느냐."

第八章
정중지와(井中之蛙)

　홍고의 몸은 움직일 생각을 하지 못했다.

　허리를 곧게 펴고, 살짝 벌린 다리의 무릎을 굽혔다. 정권을 내질러 주먹에 실린 공력을 분출하려던 순간, 백보신권이 펼쳐지기도 전에 제지받았다.

　중년에 이르는 승려의 얼굴은 아직도 믿기지 않는 듯, 입이 벌려져 있다.

　지금 당장이라도 주먹을 뻗을 것 같던 그 자세는 혜만이 다가와 엄중한 목소리를 내서야 풀렸다.

　"아미타불. 정중지와(井中之蛙)라는 말이 따로 없구나. 소림이 전부라고 생각하니 견문이 좁아서 드넓은 세상을 모르고 있던 기분은 어떻더냐?"

"이, 이건 소림의 무공이 부족해서가 아닙니다! 다 못난 이 소승의 부족함 때문입니다!"

홍고가 뒤늦게 정신을 차리면서 반발했다.

"어허, 이 못난 제자가 아직 정신을 못 차렸구나."

혜만이 혀를 차면서 홍고를 엄히 꾸짖었다.

"노승이 언제 소림의 무학이 화산의 무학보다 떨어진다고 하였느냐."

"하, 하오면……."

"애초에 공부란 다름이 있어도 위아래 같은 것은 없느니라. 네놈은 그동안 불학 외의 공부를 별거 아닌 것으로 치부했을 뿐만 아니라, 심지어 같은 중임에도 소림 외의 사찰을 우습게 보는 경향도 보였다. 그야말로 우치(愚癡)가 아니더냐!"

우치, 어리석은 마음.

홍고는 입술을 질끈 깨물며 아무런 말도 하지 못했다.

"팔정도(八正道)에서 정어(正語)를 조심하여야 하고 정견(正見)과 정사유(正思惟)가 부족하니 앞으로 너는 이를 정념(正念)하여 공부에 정진해야 할 것이니라."

팔정도라 하면 번뇌와 고통을 해탈하여 열반에 들기 위한 수행의 여덟 가지 길을 말한다.

홍고는 행동으로선 부족하지 않다. 반대로 중으로서 누구보다 올바르게 행동하고 있다.

고통을 받는 빈민 등의 백성들을 구휼하고, 어려움에 빠진 중생들을 돕기 위해서 강호에 나섰다.

위 배분들에게는 무승이건 아니건 간에 존경하고 겸손한 태도를 배우며, 아래 배분에겐 친절했다.

그러나 안타깝게도 소림 외의 공부를 경시하는 경향이 있었고, 언제나 소림이 제일이라 여겼다.

"너는 너 자신이 부족한 것을 알고 노력하고 있으나, 꼭 스스로를 낮춘다고만 하여 자만심이 없는 것은 아니다. 네가 포함되어 있는 소림이 유아독존이라고 생각하고 있으니 그것 또한 자만이다. 아미타불."

혜만이 불호를 외며 염주를 매만졌다.

"세대의 교체도 얼마 남지 않아 소림 내도 어수선한 것을 너도 알고 있지 않느냐. 계속 이런 식이라면 너한테 어찌 마음 편히 자리를 건넬 수 있겠느냐."

소림의 일대제자도 이제 얼마 남지 않았고, 이대제자인 혜자 배분도 슬슬 물러날 연령이 됐다.

참고로 홍고가 혜만의 진전을 이을 수 있는 건 단순히 제자여서가 아니었다.

홍고의 소림에 대한 과한 자부심이나 자만은 겉으로 잘

드러나지 않았기에, 많은 존경을 받았다.

무공이 대단했을 뿐만 아니라 민초의 구휼에 힘쓰고 협의를 위해서 발 바쁘게 뛰어다녔으니 당연하다.

"⋯⋯."

홍고는 입술을 질끈 깨물었다. 마음속에서 피어오르는 악감정을 잠재우려는 듯, 불호를 외웠다.

'괜찮겠지?'

주서천은 머리를 들지 못하는 홍고를 보고 약간의 불안을 느꼈다.

아무도 기억하지 못하는 전생, 신권이라 불릴 홍고의 과한 자부심은 시간이 지나면 낫는다.

다만 그것이 어떠한 연유로 사라지는지는 모른다.

공덕과 더불어 연륜을 쌓아 저절로 사라졌을지도 모르고, 혹은 어떠한 일이 계기가 됐을지도 모른다.

"못난 제자를 생각해 주시고 가르침을 내려 주셔서 감사드립니다, 사부님⋯⋯."

홍고가 힘없는 목소리로 합장하여 인사했다.

비아냥거린 것이 아닌, 순수한 감사의 인사였다.

그걸 본 주서천이 속으로 감탄했다.

'괜히 다음 대 방장으로 추대받는 게 아니구나.'

불혹에 이제 막 강호에 출두한 청년의 앞에서 꾸짖음을

받으면 불쾌할 텐데, 그런 건 전혀 없었다.

아무리 승려라 하여도 무림인, 특히 고수라면 자존심이 대단할 텐데 저런 반응이 신기하기만 했다.

만약 남들이었다면 아무리 스승이라 할지라도 불쾌함을 숨기지 못했을 것이다.

"주 시주, 그동안의 무례를 사죄드립니다. 부디 넓은 아량으로 이 못난 중을 용서해 주십시오."

"괜찮습니다. 저야말로 오늘 가르침을 받았습니다. 조금만 늦었다면 저 역시 이기지 못했을 것입니다. 과연 소림사. 덕분에 식견을 기를 수 있었습니다."

홍고의 사죄에 주서천도 포권으로 답했다.

'다행이다. 기분 나빠 보이지는 않는구나.'

주서천이 속으로 안도의 한숨을 내쉬었다.

'그래. 신승도 있으니 크게 걱정할 건 없다.'

혜만대사가 입적했다면 상황은 조금 달라졌을지 모르지만, 지금은 신승이 있으니 괜한 걱정은 덜기로 했다.

하물며 전란이 일어난 것도 아니니 별일 없을 터. 주서천은 안심하면서 미미하게 웃었다.

중천에 떠 있던 해가 슬그머니 모습을 감추며 지면을 붉게 물들이고 있다.

아직 길게 늘어진 줄이 보이는 산문을 벗어나, 내원의 뒷문 앞에 선 주서천이 혜만에게 인사했다.

"하오면 저는 이만 가 보겠습니다. 짧지만 신세 많이 졌습니다."

"헐헐. 신세는 무슨 신세인가? 자네야말로 이 노승의 억지에 어울려 주지 않았나. 고맙네."

"그리고, 깜빡하고 전해 주지 않은 것이 있습니다."

주서천이 품 안에서 무언가를 조심스레 꺼냈는데, 목함이었다.

'쩝.'

이걸 전해 줄지 말지 얼마나 고심했는지 모른다.

마음 같아선 비밀로 하고 싶었지만, 머릿속에 떠오르는 스승의 얼굴 탓에 넘어갈 수가 없었다.

"이건……."

목함이 열리자 혜만이 눈을 동그랗게 떴다.

"반야신공과 발견했습니다."

한 알의 소환단이었다.

'사부님께서 한 알이라도 돌려주라 했었지?'

원래는 수중에 열 알이 있었다. 그중 네 알은 주서천과 제갈승계가 두 알씩 복용했다.

남겨진 여섯 중 넷은 이의채에게 맡겼고, 나머지 둘은 본래 스승에게 선물하려 했다.

그러나 유정목은 허락 없이 도난품을 복용할 수 없다면서 거부했었다. 원래는 두 알 전부였으나 한 알을 어쩔 수 없이 급하여 복용하게 됐다.

주서천은 유정목에게 나머지 한 알도 복용하라고 권했으나, 유정목이 끝끝내 받아들이지 않았다.

다른 곳에 쓰려고 해도 유정목이 돌려줘야 한다고 해서 별수 없이 전달하기로 마음먹었다.

어차피 수중에 아직 네 알이나 남았으니 한 알 정도야 건네도 상관없다.

유정목 또한 네 알에 대한 존재는 모르니, 이 한 알만 처리하면 심적으로 편했다.

"묻는 것이 늦었네만, 반야신공을 어디서 찾았는가?"

혜만이 수염을 쓰다듬으며 궁금한 표정을 지었다.

"칠검전쟁이 벌어지기 전, 강호를 유람하던 중 인적이 드문 산골짜기에서 주웠습니다. 그때는 배를 굶은 지 제법 됐는지라 경황이 없어 마을로 향해 솔직히 기억이 잘 나지 않습니다."

반야신공은 삼안신투의 비고에 있었으나, 삼안신투가 소림사에 잠입해 훔친 것은 아니다.

신투의 활동 시기는 삼백 년 전이지만, 반야신공은 그보다 더 전에 실전되었다.

어째서 실전되었는지는 그 기록조차 남아 있지 않다. 전 대에서부터 온갖 노력이 있었으나 끝내 찾지 못했고 숙원 으로만 남았다.

혜만이 주서천에게 복잡 미묘한 것도 이래서다.

숙원을 풀 기회를 날렸으나, 동시에 숙원을 풀어 준 은인 이니 참으로 애매했다.

"도움이 되지 못해 죄송합니다."

"그런 말 하지 말게. 이렇게 찾아서 전해 준 것만 해도 고맙네."

혜만은 의심할 만한데도 더 이상 캐묻지 않았다.

그것이 신공을 무사히 전달해 줘서인지, 아니면 제자에 게 가르침을 주는 데 도움을 줘서인지는 모른다.

"그리고 그건 넣어 두게."

"하지만……."

"은인에게 제대로 된 대접도 하지 못하고 돌려보내는 것 이 편치 않은 참이었네. 그러니 가져가게나."

사실 은인이라고 해도 소림 내에서 주서천의 입지가 참 으로 애매해서, 대접하기도 조금 그랬다.

혜만은 주서천에게 미안하면서도 한편으로 고마웠다.

"그러면 감사히 받겠습니다."

주서천이 옅게 웃으면서 인사했다.

"그러면 다음에 또 뵙도록 하겠습니다."

그 말을 끝으로 주서천이 숭산에서 내려갔다.

얼마 뒤, 혜만이 수뇌를 불러들여 회의를 열었다.

혜자 배분뿐만 아니라, 세대 교체 중으로 다음 대 소림을 이끌어 갈 홍자 배분도 모였다.

승려들의 인내심조차 떨어지고 있을 때, 기다리고 있던 반야신공이 전달됐다 하자 다들 불호를 외웠다.

반년 전부터 쌓였던 어두움이 사라졌고, 그 대신 환한 빛이 가득했다.

그러나 그 얼굴도 전달자의 이름을 듣고는 하나같이 복잡 미묘하게 변했다.

"허어!"

"주서천이라 하면 분명 매화정검의……."

매화정검, 주서천. 그 이름을 모를 리 없다.

예상했던 대로 대다수 혼란스러운 모습이었다.

혈근경을 불태워 소림의 치욕을 지울 기회를 없었던 장본인. 그러나 동시에 반야신공을 찾아 준 은인이었다.

실전되었던 반야신공의 가치는 작지 않은지라 반응하기가 그만큼 곤혹스러웠다.

그렇지 않아도 무림의 평화를 위해서라며 혈근경을 불태

웠는지라 그에 대한 감정 자체가 애매했었다.

"방장 사형, 혹여나 그가 이 일을 예상하고 이용한 것은 아닙니까?"

소림의 율법을 관장하는 곳, 계율원(戒律院)의 혜정(慧正)이 수상한 듯이 눈을 가늘게 뜨며 물었다.

계율원주인 만큼 여타 승려들과 다르게 자비가 없으며 성정이 냉정하여 객관적인 시선을 지녔다.

방장뿐만 아니라 여러 고승들 역시 율법을 지켜야 하는 만큼 계율원주의 의견을 무시 못 한다.

"맞습니다. 신공을 지니고 있으니 혈근경을 불태워도 용서받을 수 있다는 걸 악용했을지 모릅니다."

홍자 배분의 승려들이 옳다구나 하면서 반응했다.

"매화정검은 칠검전쟁을 겪기 전에 무명이나 다름없지 않았습니까. 명예를 단숨에 드높이기 위해……."

"과한 생각일세."

혜만이 제자에게 보여 주었던 엄한 모습과 달리 자비롭게 웃음을 지으면서 소란을 멈췄다.

"그러나 있을 만한 일이지 않습니까."

혜정이 주서천에게 나쁜 감정이 있는 건 아니다.

다만 계율원주로서 좀 더 거리를 두고 냉정하게 지켜볼 필요가 있었다.

방장이 사리분별이라도 하지 못한다면 소림이 잘못된 길을 걸을 수 있다. 계율원주는 그와 같은 경우를 경계하기 위해서 존재하며, 소림을 법으로 수호한다.

　"사제가 말하고자 하는 바가 무엇인지는 알고 있네만, 주 시주는 그러한 의도를 가질 사람이 아닐세. 무엇보다 그는 이름을 충분히 떨칠 정도의 무공을 가지고 있네."

　"산화일장이 고수란 건 알고 있으나, 당시의 그는 심히 지쳐 있었다고 들었습니다."

　지객당주, 홍수(洪受)가 기다렸다는 듯이 반박했다. 그를 뒤로한 홍자 배분이 수긍하듯 고개를 끄덕였다.

　'홍고 사형께선 어디 가서 뭐하고 계신 거지?'

　지금 같이 중요할 때에 없는 것이 의문이었다. 원래라면 홍고가 앞장서 주서천을 비난했을 터이다.

　그러나 그 의문은 얼마 지나지 않아서 풀렸다.

　"설사 산화일장이 만전의 태세였어도 주 시주를 이기지는 못했을 걸세."

　"불가능합니다."

　산화일장이 비록 사파인이라 할지라도, 나름대로 이름이 난 고수이다. 후기지수 중 최고라는 오룡삼봉도 긴장하게 할 정도의 무인이었다.

　"아니, 가능할세. 노승의 눈으로 직접 목격했으니까."

"그게 무슨……."

"그가 떠나기 전, 홍고와 비무를 하여 승리했네."

"헙!"

좌중이 놀란 듯 눈을 휘둥그레 떴다.

심지어 혜정의 눈동자도 심히 흔들렸다.

백보권승, 홍고.

나한승 중에서도 그 힘은 제일이었으며, 재능뿐만 아니라 혀를 내두를 정도의 노력까지 한다.

오룡삼봉에 일찍이 들었을 뿐만 아니라 천하백대고수에 들어 소림의 고수로서 이름을 날렸다.

그런 홍고가 오룡삼봉에도 들지 않은 주서천에게 졌다는 건 확실히 경악할 만했다.

"무림의 홍복이로군. 아미타불."

혜정이 눈을 지그시 감으며 불호를 외웠다.

매화정검, 주서천.

소림에 그 이름이 정확히 새겨지는 순간이었다.

*   *   *

숭산을 내려와 얼마 지나지 않아 누군가 다가왔다.

"하북곡 출신의 금령(金靈)입니다."

"금령?"

주서천이 고개를 갸웃했다. 하북곡이라면 최초로 방문한 유령곡인데, 기억 속에 그런 이름은 없다.

"상단주께서 지어 주셨습니다."

"아!"

그제야 누군지 깨달았다.

유령들은 연령도 체구도 전부 다르지만, 문제는 그동안 만났던 유령이 워낙 많아 구분이 힘들었다.

어조나 기척도 비슷하니 힘들 만하다.

알아볼 수 있는 유령이라곤 항상 곁에 맴도는 소령 정도다.

"무슨 일이 생겼나?"

주서천의 얼굴이 금세 굳었다.

호위 겸 손발로 붙여 둔 유령은 둘 뿐이다. 그중 하나를 보냈으니 무언가 심상치 않았다.

펼쳐진 서신은 '급(急)'이라는 글자부터 시작됐다.

주서천이 소림에 도착하기 전의 일이다.

"으악!"

이의채는 서신을 보고 비명을 꽥 질렀다.

"적림십팔채, 이 호래자식들!"

이의채의 얼굴이 붉으락푸르락해졌다. 살로 뒤덮인 그 손이 뒷목으로 옮겨졌다.

"무슨 일이십니까, 상단주!"

밖에서 대기하고 있던 호위 무사가 달려왔다.

"으으, 도적 나부랭이 놈들!"

이의채가 치를 떨며 싫어했다.

도적은 거지처럼 중원 곳곳에 있다. 없는 곳은 사람들이 살지 않는 곳이다.

아니, 사람이 살지 않는 곳에서조차 길목을 막아서 남의 것을 빼앗으려 한다. 그게 도적이다.

또한 이 도적들은 백성도 백성이지만 대부분이 상단을 목표로 삼는다.

규모가 큰 만큼 거래액이 보통 작은 게 아니며, 이걸 빼앗을 경우 한몫 단단히 챙길 수 있었다.

웬만한 중소 규모의 산채를 몇 년이나 먹일 수 있는 금액이기에 소위 '대박'이라 불렸다.

상단 역시 액수가 액수인 만큼 낭인이나 표사들을 고용하여 상품을 지켜 왔고, 금의상단도 마찬가지였다.

특히나 최근 그 이름이 높아진 만큼 노리는 자는 더더욱 많았다. 금의검문이 있다 하여도 타 상단만큼 오래되지 않아 그 무력을 얕보는 자가 여럿이었다.

상인답게, 아니 그중에서도 특히나 돈에 집착을 하는 이의채는 이러한 손실을 죽기보다 싫어했다.

어쩌다가 한 번이라도 손실을 보면 그것이 아까워서 삼일 밤낮 동안 잠도 제대로 들지 못했다.

그래서 평소 호위에 더더욱 신경을 많이 썼다.

다행히도 칠검전쟁 이후 주서천과 함께 전장을 누빈 금의검문의 무사들 덕에 도적이 좀 줄긴 했다.

그러나 안도하는 것도 잠시. 얼마 전부터 이상할 정도로 도적이 들끓기 시작했다.

처음엔 그저 먹고 살기 힘들어져서 백성들이 도적질하러 나왔나 싶었는데, 착각이었다.

도적이 많아진 게 아니었다. 금의상단을 노리는 도적이 이상할 정도로 많아졌다.

무언가 심상치 않음을 느끼고 조사해 봤는데, 적림십팔채, 바로 녹림구채와 수림구채가 튀어나왔다.

길목에서부터 산과 강 등 전부 그들과 관련되었다.

한둘도 아니고 적림십팔채가 힘을 합해 작정하고 덤벼들자 금의상단도 버티기가 힘들었다.

중원 전역에서 활동하는 만큼 반응도 그만큼 느리다. 질풍십객이 있어도 한계가 있었다.

"그렇게 됐습니다."

일주일 만에 핼쑥해진 이의채가 말했다. 매끈매끈했던 피부는 얼마 안 봤다고 푸석푸석해졌다.

눈 밑에는 검은 기미가 꼈고, 어떠한 이익도 놓치지 않으려는 예리한 눈도 힘없이 처졌다.

"흠."

주서천이 침음을 흘렸다.

산동의 제남까지 한걸음에 달려온 보람이 있었다. 확실히 중요한 일이기는 했다.

오자마자 낙소월에게 인사도 하지 않은 채 이의채를 찾았다.

'왜지?'

적림십팔채. 연이 아예 없는 건 아니다.

그러나 악연이 있다면 화산파와 제갈세가지, 금의상단에는 있지 않았다.

무엇보다 당시 자신이 수적들과 싸우긴 했으나 대대적으로 활약한 건 구풍이 아니던가.

금의상단을 집요하게 노리는 이유는 되지 않는다.

'신흥이라고 얕보고 있는 건가? 아니야, 아무리 그래도 중경에서 벗어나는 건 좀 과하다.'

적림십팔채는 대부분 중경을 중심으로 활동하고 있다.

장강이 흐르는 곳 인근에도 활동하고 있지만, 그렇게까

지 멀리는 가지 않는다.

그러나 이번엔 조금 달랐다. 이상하게도 산채를 제법 벗어나서 금의상단을 약탈하기도 했다.

'설마!'

머릿속에서 어떠한 가능성이 스쳐 지나갔다.

"상단주, 전에 미친 소리를 지껄인 사람에 대해 기억하십니까?"

이의채가 기억난다는 듯이 고개를 주억거렸다.

"아아, 호구 말이지요?"

"호구?"

"그 이후로도 아마 열댓 번은 방문했을 겁니다. 처음엔 열 냥이더니 가면 갈수록 곱절을 내놓더군요. 다만 용건은 변하지 않았습니다. 중원의 상권을 전부 손에 넣게 해 줄 테니 복종하라는 말이었습죠."

이의채가 말하면서도 이상함을 느꼈는지 설마 하는 표정을 지었다.

당시엔 그냥 미친놈인가 하고 돈만 받고 대화를 적당히 흘려듣고 쫓아냈었다.

"서, 설마 그자가 적림십팔채와 어떤 연관이라도 있는 것입니까?"

그의 입장에선 깊게 생각하지 않는 게 당연했다.

금의상단주 정도 되면 정말 별별 이상하거나 미친 사람이 자주 찾아온다.

그중에는 밑도 끝도 없이 자신감을 내보이며 기가 막힌 사업이 있다면서 천금을 달라는 이도 있었다.

값비싼 금품 등을 선물하고 상당히 기다렸는데도 이렇게 별별 이상한 용건이 쏟아졌다.

그러다 보니 이의채는 귀를 기울일 만한 사람이 아니라면 흘려들으며 내보내는 경향이 있었다.

'천권성에서 보내온 사병.'

주서천이 골치 아픈 듯 눈살을 찌푸렸다.

온 신경을 천선에 곤두세우느라 천권성일지도 모르는 접근을 그만 깜빡하고 잊고 있었다.

'상왕이 제안을 들은 척도 안 하니 포기한 거군. 그리고 그걸 강제로 손에 넣으려고 움직인 건가.'

암천회가 중원의 상단을 지배하여 자금줄로 이용했던 기억이 떠올랐다.

대부분 제안을 받아들이면 적절하게 거래 관계로 이용했었고, 그렇지 않으면 힘으로 굴복시켰다.

암천회가 전생에서 금의상단을 건드리지 않았던 건 대체할 상단이 얼마든지 있었고, 결정적으로 상단의 규모가 그다지 크지 않아서였다.

금의상단이 본격적으로 성장하여 이름을 떨치게 된 건 암천회가 준비를 끝내고 시작한 전란의 때였다.

전란 때야 암천회가 워낙 바빠 금의상단은 신경 쓸 틈이 없었다.

'후, 이거 여간 머리 아픈 게 아니구나. 드디어 올 것이 왔다. 이건 예상할 수 없는 큰 흐름이야.'

주서천이 말없이 생각에 잠기자 이의채는 불안한 듯 노심초사했다.

그로서도 주서천이 이런 표정을 짓는 건 거의 처음 봤으니까.

'적림십팔채에 누가 숨어 있는지는 잘 모른다.'

전란의 시대에서도 도적은 빠지지 않았다.

반대로 전란을 기회로 여기고 날뛰었다.

싸움이 끊이지 않은 덕에 무인들은 숫자가 나날이 줄어들었고, 그만큼 치안에도 신경을 크게 못 썼다.

도적들은 그 틈을 타서 노략질을 일삼았고, 훗날엔 관부까지 움직여 결국 멸망한다.

알고 있는 정보라곤 암천회에게 버리는 말 정도로 쓰인 정도였다.

전생의 기억 중에서도 그냥 전란으로 일어난 혼란을 이용해 여기저기서 노략질을 한 정도다.

'아무래도 금의상단이 아직 힘을 기르는 중이란 약점을 이용해 곁에서 부추긴 것 같은데…….'

이런저런 생각을 했지만 제대로 된 추측은 어려웠다.

"흑흑, 대협. 말씀 좀 해 주십시오. 뭐라도 잘못된 겁니까? 설마하니 야반도주를 해야 하는 건지요?"

"그럴 리가요."

주서천이 쓰게 웃으면서 이의채를 진정시켰다.

"그래서, 어떻게 대응하고 있었습니까?"

"호위를 늘리긴 했으나, 아무래도 전국에서 벌어지는 일인지라 인력이 부족합니다. 그래서 표사나 낭인들을 대거 고용했지요. 그러나 시간이 지날수록 피해가 늘어나는지라 돈이 여간 부담되는 게 아닙니다."

"대대적인 토벌이 필요하겠군요."

"바로 그겁니다!"

이의채가 환하게 웃으면서 주서천의 말에 동조했다.

확실한 방법은 문제가 되는 적림십팔채를 혼쭐을 내 주는 것. 그러나 말처럼 쉬운 일이 아니다.

"그러나…… 이번에는 도와 드리기가 조금 힘듭니다. 약간의 무사들을 내어 줄 수는 있으나, 아무래도 각지의 화물을 지켜야 하는 만큼……."

무림맹이나 사도천조차 적림십팔채를 부담스러워하여

나서기를 꺼려 했다.

손쉽게 해결할 수 있는 일이라면 걱정 자체를 하지 않았다.

"조금만 도와 주시면 되니 걱정하지 마십시오. 사정이 어려워 절 부른 것 아닙니까?"

"과연, 대협이시옵니다! 척하면 척이지요! 이 소상, 대협의 천뇌(天腦)에 깊이 감복하였습니다!"

손바닥을 비비면서 씩 웃는 상인. 그야말로 이야기에서나 나오는 소인배 악당이었다.

주서천은 기분 나쁘게 웃으면서 좋아하는 이의채를 질린 눈초리로 쳐다보곤 생각에 잠겼다.

*　　　*　　　*

적림십팔채, 중경을 거점으로 활동하는 도적 무리들은 산과 들, 강 등 안 가는 곳이 없었다.

대부분이 삼류나 이류로 이루어진 오합지졸이었으나 흑도의 하오문처럼 숫자가 결코 적지 않았다.

그래도 하오문보다 나은 것은 나름대로의 고수가 있다는 것이고, 채주들 몇몇은 천하백대고수였다.

그들을 토벌하기 위해서는 힘이 필요했다.

주서천이 토벌대의 편성을 고민하는 동안, 소림사에서 있었던 일이 강호 전체에 퍼졌다.

"반야신공이 소림사로 돌아왔다며?"

"허! 반야신공이면 전설 속에서나 등장하는 무공이 아닌가? 도대체 어디서 찾았다고 하던가?"

"듣기론 산골짜기 깊은 곳에서 우연히 발견했다더군. 그리고 지금 장소 같은 건 그리 중요한 것이 아닐세."

"과연, 누가 찾았는지가 더 궁금하군. 무공의 총본산이라 불리는 소림의 신공을 갖고도 욕심을 갖지 않다니. 어떤 멍청이인가?"

"주서천!"

"주서천? 매화정검 말이야?"

강호인들은 주서천의 이름을 듣고 놀라워했다.

대략 반년 전에 전쟁을 종식한 장본인 아닌가. 이후 활동이 뜸하더니 이렇게 또 이름을 날렸다.

한 사람이 일생에 이루기 힘든 공적을 둘이나 세웠다는 것에 놀랄 수밖에 없었다.

"대단하군!"

"그야말로 대협이 아닌가!"

서책에서 나올 법한 영웅이 따로 없었다.

비록 지쳤으나 산화일장이나 되는 고수를 홀로 쓰러뜨리

고, 혈근경을 불태워 전쟁을 끝냈다.

무공도 무공이지만 출신도 뛰어나며, 용모까지 준수하지 않은가.

그뿐만 아니라 사실상 소림의 은인이 됐다.

사람들은 이에 관심을 가지며 열광했다. 언제나 신진고수, 그것도 젊은이는 무림에서 주목을 받는 법이다.

"매화정검이 적전제자이긴 해도 아직 대단하다 할 지위를 가지진 않았지?"

"스승인 소유검 또한 외부에서만 활동하고 내부에선 어떠한 자리에 있지 않다고 하더군."

"진전을 이을 것이 없다고? 뭐하고 있어? 어서 혼담 준비해!"

원래부터 주목받았던 주서천이었다. 안 그래도 높았던 인기가 급격하게 상승했다.

몇몇 중소 문파나 가문에서는 주서천을 사윗감 후보에 영순위로 올려 혼기에 찬 여인들을 준비시켰다.

도가의 적전제자라 할지라도 주요 지위가 없고 절기만 전수하지 않는다면 결혼이 가능하다.

"칫!"

"뭐가 그리 대단하다고. 운이 좋았을 뿐!"

"듣자 하니 어릴 때도 기연이 있었다며?"

"영약 조금 잘 먹은 걸 가지고!"

그러나 사람들이 전부 좋아하는 건 아니었다.

사촌이 땅을 사도 배알이 뒤틀리는 게 사람이다. 하물며 모르는 이가 잘되니 온갖 시기가 흘러나왔다.

"어쩌면 그가 이걸 노리고 혈근경을……."

소림사에서 나왔던 의심스러운 의견도 나왔다. 몇몇 이들은 대놓고 주서천을 깎아내렸다.

그렇게, 소림을 넘어 무림 전체에 주서천의 이름이 새겨지기 시작했다.

第九章
안강재회(安康再會)

나흘 후, 주서천이 산동에서 준비를 끝냈다.

"아니, 형님. 모진 사람은 왜 끌고 갑니까?"

공방에서 살다시피 하는 제갈승계가 질색했다.

"일일부작일일불식(一日不作一日不食)."

하루 일하지 않으면 하루 먹지 말라.

"도적들이 기승을 부리고 있는데 어찌 가만히 있겠냐. 앞으로 큰 싸움이 남았으니 힘 좀 빌려야겠다."

제갈승계의 기관지술은 삼안신투의 비고나 흉마의 무덤에서만 그 진가를 발휘하는 것이 아니다.

전에 있었던 죽통노나 다발화전처럼 별 힘을 들지 않아

도 이길 수 있는 병기만 봐도 알 수 있다.

"병기가 필요하다면 사용법을 알려드릴 테니 그냥 가져가면 되지 않습니까."

제갈승계가 불만이란 듯 툴툴거렸다.

"최종 목적지가 비록 도적들의 소굴이지만 그래도 적림십팔채 아니냐. 중경에 박혀서 산 지도 제법 되었으니 어떤 함정이 도사리고 있을지도 모른다고?"

"흠, 그건 좀 관심이 가는군요."

제갈승계가 턱을 매만지면서 눈을 반짝였다.

집, 아니 방 바깥에서 나가는 걸 지독히 싫어하면서도 기관만 연관되면 이렇게 눈빛부터 달라진다.

"어차피 우리만 가는 것도 아니고, 너도 내공이 보통이 아니니 걱정하지 마."

제갈승계는 과거 소환단을 복용했다. 그 덕에 상당한 내공을 소유하여 일반적인 수준은 넘었다.

다만 순수한 신체 능력이 그 정도인 것이지, 아직 초식 등의 무공 전체 수위는 상당히 낮다.

"그러니까 얼른 준비나 해. 상단주의 애가 바싹 타들어가고 있으니 늦어도 내일은 출발할 거야."

"저, 저……."

"응?"

주서천과 제갈승계의 시선이 동시에 돌아갔다.

"아, 소저."

무곡의 딸, 무선화였다.

안 본 사이에 더 건강해졌다. 눈에 띄게 좋아진 혈색을 보니 안심이 됐다.

다만 표정이 어딘가 모르게 걱정스러워 보여 마음에 걸렸다.

"무슨 일 있습니까?"

"혹시 저도 데려가 주실 수 있을까요?"

"……?"

주서천이 놀란 듯 눈을 동그랗게 떴다.

'무슨 일이지?'

무선화에 대해서 자세히 아는 건 아니지만, 적어도 그녀는 위험을 무릅쓸 정도로 호기심이 많진 않다.

가끔 금의상단의 지부에 들러 무선화의 소식을 들었을 때 별 특이 사항은 없었다.

아직 몸이 좋지 않았던 탓에 인근의 이곳저곳을 다니고 있다는 소식 정도였다. 산적 소굴을 들어갈 수준은 아니다.

"이유를 알 수 있겠습니까?"

무선화가 걱정 어린 표정인 채로 고개를 위아래로 흔들었다.

"제갈 공자님은 가만히 내버려 두면 식사도 거르시는 분인지라…… 아무래도 걱정이 되어서."

가슴 위에 고이 모아진 손은 어딘가 모르게 불안한 듯 옷자락을 쥐고 있었다.

"……?"

주서천이 두 귀를 의심하며 방금 전 말을 되뇌었다. 생각이 현실을 따라가지 못해 순간 멍해졌다.

"아니, 제가 애도 아니고 그럴 리 있겠습니까. 언제나 말하지만 무 소저는 걱정이 많아 탈이요."

"그렇지만 전에도 그리 말씀하셔 놓고 삼 일 동안 아무것도 먹지 않으셔서 핼쑥해지셨잖아요."

"그때는 새로운 기관을 설계하느라 어쩔 수 없었고, 굶은 건 내공으로 대신할 수 있으니 괜찮습니다."

"역시 믿을 수 없겠어요. 은공, 부탁이니 절 데려가주……."

"거길 어디라고 무 소저가 가십니까? 전 어르신에게 죽고 싶지 않습니다. 저 좀 봐주세요."

제갈승계가 난처한 표정을 지으며 손을 내저었고, 무선화는 계속해서 조목조목 따져 가며 말했다.

그 두 사람을 보고 있는 주서천은 입이 점점 벌어지더니 이윽고 경악한 표정을 지었다.

'설마…… 이 둘 그렇고 그런 사이야?'

무선화가 제갈승계를 바라보는 시선이 범상치 않았다. 남편을 떠나보내는 아내처럼 보였다.

"저, 혹시 그……."

주서천이 결국 힘겹게 말을 꺼냈다.

"승계와 무선화 소저께선 그렇고 그런……?"

"……?"

제갈승계와 무선화가 고개를 갸웃거렸다.

제일 먼저 눈치 챈 것은 무선화였다.

"어, 어머나."

무선화의 뺨이 붉게 물들었다.

"뭔 소립니까?"

제갈승계가 여전히 의아한 표정으로 고개를 갸웃거렸다.

"아, 아직…… 그런 사이는 아니랍니다."

"허어."

이번에는 진심으로 놀랐다. '아직'이라는 말에 입이 다 물어지지 않는다.

"아!"

제갈승계가 무언가 깨달았다는 듯 손뼉을 쳤다.

"사제 관계라고 오해하셨군요."

"하?"

주서천이 진심이냐는 표정을 지었고, 무선화의 낯빛에 그늘이 끼었다.

제갈승계는 눈치 없게도 허리를 뒤로 젖힌 채 조금 거만한 자세로 웃으면서 말을 이었다.

"기관을 만들다 보면 가끔씩 무 소저께서 가까이 와 구경하고 가시더군요. 최근엔 기관지술에 대하여 가르쳐 드리고 있습니다. 그녀는 형님 다음으로 기관의 진정한 가치를 알아주신 분이지요."

제갈승계가 어떠냐는 얼굴로 코를 높이 세우면서 기관에 대해 잘난 듯이 떠들기 시작했다.

주서천은 그런 제갈승계를 멍하니 쳐다보다가 옆에서 쓴웃음을 짓고 있는 무선화에게 물었다.

"아버님께선 알고 있습니까?"

"그게, 아직……."

이의채는 편히 있으라며 만류했으나, 무선화는 그러고 싶지 않았다.

딸을 위해서 아비가 대신하여 일하고 있는데 쉬고 싶지만은 않았다. 무곡도 좋아하지 않는 눈치였으나 억지를 부려서 약간의 일을 조금씩 돕기 시작했다.

그러다가 어쩌다 보니 제갈승계와 교류가 많아졌고, 시간이 지나면서 새로운 감정에 눈뜨게 됐다.

주서천은 아직도 떠들어 대는 제갈승계를 딱하다는 눈빛으로 쳐다보며 생각에 잠겼다.

'승계야……'

전생에서 딸을 위해서 마귀가 된 무곡이다. 그 팔불출의 눈에 잡힐 상상을 해 보니 그가 불쌍해졌다.

*   *   *

이튿날, 일련의 무리가 금의상단을 떠났다.

주서천이 무리를 이끌었고 제갈승계가 참모로 참여했다. 그리고 금의검문에서 이십 명을 데려왔다.

그리고 눈에 보이진 않지만 유령들도 따라붙었다.

"이번에도 같이 가게 됐소."

초련이 씩 웃었다.

"흐흐, 도련님. 우리 연 좀 많지 않나?"

초련이 제갈승계가 귀엽다는 듯 머리를 마구 쓰다듬으며 새집처럼 엉망으로 만들었다.

"으으! 이 무식한 아줌마가 그냥!"

제갈승계가 진저리 난다는 듯이 화를 내자, 초련은 껄껄 껄 하고 호탕하게 웃으면서 넘겼다.

"설마 저희만으로 적림십팔채에 쳐들어가는 겁니까?"

금의검문의 무사 중 하나가 불안한 듯 물었다.

"그럴 리가."

주서천이 고개를 저으며 안심하라는 듯 웃었다.

"중경에 가면 합류할 사람들이 있으니 걱정 마라."

"꿀꺽."

사람이 늘어난다는 건 안심되면서도 긴장되는 일이었다. 그만큼 싸움의 규모가 커진다는 뜻이니까.

무곡이라는 괴물에게 훈련받아 강해지긴 했지만, 그래도 적림십팔채는 옆집 이름이 아니다.

"그 양반이 따라오지 않은 게 아쉽군."

초련이 산동 쪽을 힐끗 쳐다보며 입맛을 다셨다.

질풍십객 역시 상단에 머무를 때는 무곡에게 약간의 가르침을 받았다.

처음에 그를 봤을 땐 대단히 여기지 않았다. 질풍십객이 된 이후로 무공만큼 자신감도 늘었다.

하지만 괜스레 자존심을 세워 덤볐을 땐 지옥을 맛보았다. 그때 또 하나의 괴물이란 걸 알게 됐었다.

"상단을 지켜야 하니까."

금의상단은 전과 달리 약해져 있다. 아직 아슬아슬하게 버티고 있지만, 시간이 지나면 심각해질 것이다.

그렇지 않아도 지금 상계에서 금의상단의 이상을 느끼고

영역을 넘보는 승냥이들 때문에 성가셨다.

언젠가 곤혹스러운 일이 있을 것이고, 그때는 무곡의 힘이 필요하다. 그래서 일부러 남겼다.

무선화는 두말할 필요도 없다. 무공도 모르는 그녀에겐 너무나 위험한 여정이었다.

무엇보다 그녀가 간다 하면 무곡도 따라올 터. 간곡하게 요청해도 동행할 수는 없었다.

"형님, 저희는 누구랑 합류하는 겁니까?"

"가면 안다."

산동에 도착해서 사정을 듣자마자 도움을 받을 수 있는 곳으로 전서구를 몇 마리씩이나 보냈다.

"여러모로 숨기는 것이 많은 사형은 놀라게 만드는 재주가 있으니까요. 그렇죠?"

낙소월이 웃으면서 농담을 던졌다. 그러나 농담의 무게가 작지 않다. 심지어 눈은 웃고 있지 않았다.

"크, 크흠."

주서천이 헛기침을 흘리며 뒤통수를 긁적였다.

"사매, 내버려 뒤서 정말로 미안해."

며칠 전, 상단주에게 자세한 사정을 듣고 이야기가 끝나자마자 낙소월을 찾아가서 재회했다.

그때의 낙소월은 '강호행을 함께하기로 했으면서 절 내

버려 두고 혼자 풍류를 즐기신 매화정검 대협 아닌가요?'
라고, 살 떨리는 목소리로 차갑게 말했다.

이후 정주에서나 소림에서 있었던 일을 적당히 거짓을
섞어 사정을 설명하고 나서야 용서를 받았다.

주서천이 머리를 긁적이면서 어찌할 줄 모르자, 낙소월
이 재미있다는 듯이 쿡 하고 작게 웃었다.

"농담이에요. 화는 다 풀렸어요. 원래는 좀 더 삐쳐 있을
까 했지만, 그러면 사형이 너무 불쌍하니까요."

낙소월은 장난기 가득한 미소를 지었다. 그 웃음조차 예
뻐서 가슴이 조금 두근거렸다.

한편 산동을 떠난 일행을 주시하는 이들이 있었다.

최대의 적, 암천회였다.

"천권성 쪽에서 연락입니다. 금의상단에서 매화정검이
출발했다고 합니다."

붓을 막 든 천기가 눈을 매섭게 떴다.

"매화정검과 금의상단주가 친분이 제법 있다 하더니 정
말이군. 뒤늦게 상황 파악하고 발버둥 치는 건가."

주서천이 예상한 대로, 암천회는 군자금을 끌어오기 위
하여 금의상단을 손안에 넣으려고 했다.

그러나 몇 번의 제안이 있었음에도 이의채가 들은 척도
하지 않자 수뇌는 심히 기분이 좋지 않았다.

그래서 차라리 빼앗기로 마음먹고 습격에 나섰다.

"회에 방해가 되는 것들을 이참에 일망타진할 수 있겠구나."

매화정검, 주서천!

그 이름을 어찌 잊으랴. 잘난 정의심을 내세워 혈근경을 불태워 모처럼 계획한 걸 망친 장본인이다.

마음 같아선 그 날 곧장 잡아 와 족치고 싶었으나 도망치듯이 화산파에 들어가서 마음대로 하지 못했다.

그래서 강호로 다시 나오기를 기다렸고, 드디어 때가 왔다.

"준비는 해 두었으나 부족한 검이 조금 흠이군."

천기가 마음에 안 드는 듯 눈살을 찌푸렸다.

불과 얼마 전, 암천회가 천선을 잃으면서 정보 공백이라는 최악의 사태를 맞이하게 됐다.

그로 인해 보통 바쁜 게 아니다. 천기도 잠까지 줄여 가면서 천선의 빈자리를 채우는 데 힘썼다.

무엇보다 좀 더 우선으로 할 일이 산더미다.

과거에 혈근경을 불태워 모든 것을 망친 것은 괘씸하나 심혈을 기울 정도로는 아니었다.

천기는 공과 사를 확실하게 구별하는 인물이다. 무엇을 더 우선순위에 놓아야 하는지 알고 있었다.

치밀한 성격만큼 준비는 빈틈이 없긴 했으나, 그래도 약간의 불안감이나 아쉬운 점이 많았다.

다만 그것은 신경 쓰여도 어쩔 수 없이 양보해야만 하는 부분이었다.

"최근에는 소림에 반야신공까지 전달했다지? 하나부터 열까지 온갖 훼방을 놓는구나. 어릴 적부터 기연이 많더니 운만큼은 타고났군."

천기는 혀를 차면서 붓을 쥔 손에 힘을 주었다.

다만 그 표정은 어딘가 모르게 찝찝해 보였다.

'과연 정말로 이것이 우연일까?'

넘어가려고 해도 뒷간에 다녀오고 뒤를 안 닦은 기분을 떨쳐 낼 수가 없다. 마음이 자꾸 걸렸다.

의아함이 의심을 낳고, 생각이 꼬리를 물려 하지만 이성이 나타나 이럴 시간 없다면서 타박했다.

조금만 생각하면 무언가 떠올릴 수 있을 것 같은데, 암천회의 주요 일이 떠올라 진행할 수가 없다.

가슴이 꽉 막힌 이 기분이 싫었으나, 천기는 입맛을 다시면서 잡념을 떨쳐 내려는 듯 머리를 흔들었다.

*　　　*　　　*

주서천은 산동과 하남을 지나 섬서에 당도했다.

화산이 보였으나 들르지는 않고 곧장 남하하여 중경을 앞에 둔 안강(安康)에 도착했다.

객잔을 잡아 여장을 풀었을 때, 문이 열리면서 방문객이 찾아왔다.

"장홍 사형, 장서은 사저!"

낙소월이 놀란 듯 눈을 동그랗게 떴다. 그 시선 끝에 서 있는 건 소매에 매화가 그려진 검수들이었다.

그중 앞의 남녀가 눈에 익었다.

과거 연화각 출신인 동시, 후에 두 사람보다 앞서 강호에 출두했었던 장홍과 장서은이었다.

그 뒤로도 화산파의 제자들이 따라 들어왔다.

"사제!"

장홍이 환하게 웃으면서 다가왔다.

"오랜만에 뵙습니다, 사형. 건강해 보이셔서 다행입니다."

"너야말로 건강해 보여서 다행이다."

과거 앳된 모습은 찾아볼 수 없었다. 이제는 사내다움이 물씬 풍기는 장홍이 씩 웃었다.

"이런저런 일들이 얽이다 보니……."

주서천은 전이나 지금이나 혼자가 편했기에 다른 사람들

과 다르게 화산파 식구들을 찾아가지 않았다.

그 외에도 여러모로 할 일이 많았는지라 아는 사람들과 영 만날 기회가 없었다.

강호에서 보는 것도 사실 이번이 처음이다. 전에는 칠검 전쟁으로 인한 귀환령 때 화산에서 봤다.

"요 녀석, 낙 사매를 독차지하려고 한 건 아니지?"

장홍이 옆구리를 찌르면서 은근한 목소리로 물었는데, 그 눈초리에서 과거의 장홍을 엿볼 수 있었다.

활기와 더불어 약간의 장난기는 여전하다.

"큰일 날 소리 하지 마십시오, 사형. 그보다 이번에 사저 와 함께 매화검수로 확정됐다고 들었습니다."

"그래. 운이 좋았다."

매화검수란 이름에 좌중이 놀란 표정을 지었다. 가까이 에 있던 금의검문의 무사들은 헉 소리까지 냈다.

'화산파의 정예 검수!'

그 이름을 어찌 모르랴. 소림에 나한이 있다면 화산에는 매화검수가 있다.

오직 이십사 명에게만 허락된 그 이름은 전대의 고수들 또한 쉬이 여길 수 없는 무게였다.

사람들은 그제서야 장홍과 장서은이란 이름에서 무언가 를 떠올린 듯 무릎을 탁 쳤다.

'매협검(梅俠劍) 장홍, 옥매화(玉梅花) 장서은!'

화산에 후기지수가 매화정검만 있는 건 아니다. 그가 워낙 화제가 되어 다른 제자들의 이름이 잠시 묻혔던 것뿐, 당연히 전부터 이름을 떨친 제자들도 있었다. 장홍과 장서은이 그 안에 있었다.

칠검전쟁이 벌어지기 전만 해도 명문대파의 자제들과 어울리며 후기지수로서 이름을 날렸다.

전에 들렀던 귀주에도 재방문해 사마외도와 싸워 충분한 공을 세웠다.

두 사람이야 어렸을 적부터 기재였고, 또한 둘 다 괴물 같은 사제에게 자극을 받으면서 노력을 했다.

그 결과 강호에 출두했을 무렵 후기지수들 중에서도 손가락에 꼽히는 수준이 되었다.

비록 오룡삼봉에는 들지 못했으나, 그 이름은 나름 알려져 있다.

"설마하니 두 분께서 오실 줄은 몰랐습니다."

화산에 도움을 요청하긴 했으나, 와 봤자 사대제자 중 막내들이라 예상했다.

그도 그럴 것이 이번 일은 사적인 일에 가깝다.

주서천이 주변 시선에 신경 쓰지 않고 금의상단과 어울렸기에, 그 연은 조금만 조사해도 알 수 있다.

아니, 굳이 조사하지 않아도 현재 적림십팔채가 금의상단을 노리는 건 소문이 나 있지 않나.

그 상태에서 적림도를 토벌하겠다고 연락한다면 어떠한 의도일지는 안 봐도 눈에 훤하다.

적림십팔채가 힘없는 백성들을 괴롭히는 것도 아니다. 그래서 지원을 보내기에는 적절한 명분이 되지 않아 큰 기대는 안 했다.

"많아 봤자 열 명 언저리라고 생각했는데……."

장홍과 장서은까지 합해 스무 명이었다.

"적림에게는 빚이 있으니까."

"그래. 연화각에 있을 때의 기억을 잊었니?"

과거, 강호에 처음으로 나왔을 때의 일.

귀주에서 임무를 성공적으로 수행하고, 화산으로 돌아가던 중 장강에서 수적들에게 습격을 받았다.

그리고 그 날 주서천이 급류에 휘말려 행방불명이 됐고, 화산파는 어린 제자를 잃었다고 생각했다.

후에 다행히 주서천이 되돌아오기는 했으나, 당시에 화산은 적림에 이를 갈며 원한을 품었다.

습격도 열 받는데 성년도 되지 못한 제자, 그것도 자랑하는 인재 기관인 연화각 출신이 아닌가.

"그래도 매화검수를 보내 주실 줄은 몰랐습니다."

"하하. 하여간 주 사제는 전부터 띄워 주는 데 익숙하네. 내정 받기는 했지만, 아직 매화검수는 아니야."

"만약 그러지 않았다면 나오지 못했을 거야."

적림십팔채를 우습게 여길 수는 없지만, 그래도 매화검수를 내보낼 정도의 수준은 되지 않는다.

"예검수(豫劍手)라서 실망했다면 미안하구나."

"그럴 리가 있겠습니까."

주서천은 장홍과 장서은이 와 줘서 고마웠다.

무공이 강해서만 반가운 것이 아니라, 화산파에서 친하게 지낸 사형제와 함께하는 것이 기뻤다.

전생에선 언제나 혼자였지 않은가. 이렇게 사문의 사형제와 함께한다는 것은 기분 좋은 일이었다.

한편, 주서천이 사형제들과 재회를 만끽하고 있을 무렵 적림십팔채도 그 소식을 듣게 된다.

"금의검문이 토벌대를 보내?"

한창 금의상단을 털고 있으니 그 이름을 모를 리 없다. 각지에서 약탈을 시도하며 그들과 싸우고 있지 않나.

그러나 그 사이에 더 신경 쓰이는 이름이 보였다.

"주서천과 제갈승계……"

그 이름을 모를 리 없다. 화산파와 제갈세가와 척을 지게 만든 원인이 되는 장본인이 아닌가.

약 칠 년 전.

무림맹과 사도천이 귀주에서 영역 쟁탈전을 벌였다. 결과만 말하자면 무림맹의 완승이었다.

피해가 치명적인 정도는 아니었으나, 사도천주는 '완패'라는 사실에 자존심이 크게 상했다.

이대로 당하고만 싶지 않았던 사도천주는 당시 주역이었던 화산파와 제갈세가를 함정에 빠뜨렸다.

당시 일행의 귀환행에는 장강이 껴 있어서 수림구채가 마침 제격이었는지라 그들에게 맡겼다.

하나 그것조차 마음대로 되지 않았다. 설마하니 십사검협이 장강에서 도수창병을 이길 줄 누가 생각했겠나.

"그때 죽여야 했어!"

나중에 기적적으로 생환했다는 소식은 들었으나, 그런 어린아이 따위 그다지 신경 쓸 것이 아니었다.

하지만 시간이 지나 매화정검이라는 그 이름을 다시 들었을 때 적림십팔채는 긴장했다.

다른 곳도 아니고 구파일방, 화산의 제자가 원한을 갖고 고수가 됐다면 그냥 넘길 수는 없다.

"흥, 뭐 그리 호들갑이요?"

"영웅이라 해 봤자 결국은 애송이. 듣자 하니 숫자도 적다 들었소."

"산이나 강이 아니라면 모를까, 호랑이 아가리에 머리를 들이밀러 온다는 데 무서울 것 없지!"

"어쩌면 괜스레 경계하게 만들어 바깥에 나가 있는 애들을 돌아오게 만들려고 하는지 모르지."

금의상단이 가진 것이 보통이 아니다. 하나만 털어도 한동안 떵떵거릴 정도로의 금액이 나온다.

채주들은 이 돈을 포기하고 싶지 않았다. 괜히 지레 겁먹고 수하들을 불러오면 그게 더 손해다.

"남아 있는 애들로 대응하면 그만!"

"고작 한 사람 따위에 겁먹고 숨으면 어찌 거시기 달린 사내라 할 수 있는가?"

"암! 그렇지! 우리가 누구인데!"

"산과 강을 지배하는 적림도가 아닌가!"

"하하하! 그럼! 여봐라! 술과 여자를 대령해라!"

*　　　*　　　*

안강에서 화산파의 제자들과 합류한 토벌대는 곧장 남하하여 중경의 북부 산지에 도착했다.

참고로 그 와중에 몇몇의 도적들과 길거리에서 마주했는데, 굳이 힘쓸 필요 없이 간단하게 처리했다.

"삼림밖에 보이지 않는군요."

제갈승계가 질린 표정을 지었다. 앞으로 갈 길을 떠올리니 집에 가고 싶은 마음이 굴뚝같았다.

괜히 이곳에 녹림도가 자리 잡은 게 아니었다. 중경은 대체로 산지와 산림뿐. 북부는 특히 더 그렇다.

날이 어두워지자 토벌대가 적당한 곳에 자리 잡아 여장을 풀 때 즈음, 기척이 느껴졌다.

"누구냐!"

초련이 앞장서고, 금의검문 무사들이 제갈승계를 중심으로 주변을 경계했다.

화산의 제자들 역시 눈을 매섭게 뜨며 검과 같은 기세를 내뿜었다.

기척이 느껴지자마자 곧장 반응하는 그 속도가 보통이 아니었다.

"괜찮습니다."

주서천이 손을 들어 제지하자, 수풀 속에서 예사롭지 않은 분위기의 중년인이 걸어 나왔다.

"오! 대식아!"

그 얼굴을 본 주서천이 반갑다는 듯이 인사했다.

"무례한 것은 여전하구나, 주서천! 누가 대식이냐!"

대식, 아니 원대식의 얼굴이 붉으락푸르락해졌다.

"사형께서 아는 분인가요?"

낙소월이 머리를 옆으로 기울이면서 물었다.

그러자 원대식의 표정이 순식간에 바뀌었다. 자고로 사람은 미인에게 친절하기 마련이다.

"당가의 무사인 원대식이라 합니다. 부족하나 독봉 아가씨의 곁을 지켜 드리고 있습니다."

"독봉!"

토벌대가 놀란 듯 눈을 휘둥그레 떴다.

"아가씨께서 기다린다, 주서천."

원대식은 한껏 인상을 쓰더니 자신을 따라오라는 듯이 턱짓했다.

토벌대는 짐을 다시 챙기곤 그 뒤를 따라갔다.

"사형, 당가에 도움을 청하셨어요?"

낙소월이 곁에 붙어 궁금하다는 듯이 물었다. 그 뒤를 따르던 일행들도 귀를 쫑긋 세워 집중했다.

오대세가인 당가가 합류한다면 든든하지 않겠나.

"그건 아니야."

"그러면 혹시……."

"독봉."

"봉추!"

슬픔뿐인 별호가 튀어나오자 가슴을 쥐어 잡고 싶은 심

정이었다. 후에 그 별호를 필히 없애리라.

"사제, 설마 토벌 도중에 뒤통수를 맞고 싶어서 부른 건 아니라고 믿을게. 정말로 괜찮겠어?"

장서은이 소리 죽여 물었다. 혹시라도 원대식이 들을까 봐 눈치를 봤다.

봉추라는 별호에 대한 일화는 워낙 유명하다. 사람들은 주서천과 당혜의 관계에 대해서 알고 있었다.

다만 그 알고 있는 부분이 조금 잘못됐다.

대부분의 사람들은 당혜가 주서천과의 내기에서 패배해 짙은 원한을 품고 있다고 생각하고 있다.

무림인이라면 당가가 한을 품으면 얼마나 무서운지 알고 있다. 설사 같은 정파인이라 해도 마찬가지였다.

장서은을 비롯한 일행은 그것이 걱정이었다.

"괜찮습니다. 독봉과는 화해했습니다. 그녀와 제법 친합니다."

주서천이 가슴을 두들기며 호언장담했다.

"어서 와, 주사천."

"주서천이다."

"이런, 그새 안 봤다고 이름을 잊어버렸네. 주철서. 사과의 의미로 내가 준비한 독약을 복용해 주겠어? 당신이 녹아내린 위장을 붙잡고 바닥을 구를 모습이 기대돼서 잠도 못 잤는걸. 이번에는 자신 있으니까."

"……."

토벌대는 독봉을 처음 보았을 때 그 미색에 넋을 잃었다. 독을 품었다는 것조차 하나의 매력이었다.

괜히 남자들이 위험을 감수하고도 독봉의 내기에 도전하는 게 아니다. 봉황의 아름다움은 대단했다.

'따라오길 잘했군.'

'히야, 진짜 미치겠다!'

낙소월과 함께하는 것만으로도 신경 쓰여 잠을 이루지 못하고 심장이 떨리는데, 당혜까지 함께하다니.

비록 대화는 한마디도 하지 못해도 그녀들과 여행을 함께한다면 부러워할 사내들이 줄을 서리라.

"잡설은 그만두고, 본론으로 들어가자."

주서천이 녹림 산채가 있는 곳으로 고개를 돌렸다.

"준비는?"

"나흘 전에 도착해서 끝내 두었으니 걱정하지 마."

"좋아."

주서천이 흡족하게 웃으면서 토벌대에게 작전을 전달했다.

"이 앞에 녹림구채 중 하나인 대호채(大虎寨)가 있습니다. 날이 밝으면 습격하도록 하겠습니다."

"대장, 미리 언질이라도 주지 그랬소. 싸울 준비야 됐지만, 그래도 작전의 준비가 필요하니 말이오."

모르고 싸우는 것과 아는 것의 차이는 크다.

작전이 없다면 불안할 것이고, 있다면 미리 말해 주는 편히 좋다. 그게 도움이 된다.

"여기까지 오면서도 의견을 조율하느라 조금 늦어지게 됐다. 그다지 어렵지 않으니 걱정 말도록."

'누가 여기에 숨어들었을지도 모르니까.'

지원에 대해 말하지 않은 것은 괜한 심술, 혹은 깜짝 놀라게 만들기 위해서 따위가 아니었다.

만약 당가, 특히 독봉이 참전한다는 것이 알려진다면 암천회나 적림십팔채의 경계가 심해질 것이다.

방심하고 있을 때 치는 것이 상책(上策) 아니던가.

한바탕 날뛴다면야 상관없지만, 모습을 드러내기 전에 괜한 경각심을 만들 이유가 없다.

'이제부터 시작이다.'

第十章
녹림토벌(綠林討伐)

　왕팔은 저잣거리에서 주먹질을 일삼던 잡배였다. 주로 얻는 수익은 백성들의 주머니에서 나왔다.

　하나 그것도 잠시, 재수 없게도 관병의 가족을 건드렸다.

　이후 뒷감당이 무서워 도망치듯이 뛰쳐나왔고, 떠돌아다니던 왕팔은 대호채에 몸을 의탁하게 된다.

　그러나 그 생활은 그다지 만족스럽지 못했다.

　왕팔은 주먹질을 좀 하는 편이었지만, 그런 사람은 산채에도 널렸다. 괜히 녹림구채가 아니었다.

　벌써 이 년이 흘렀음에도 왕팔은 말단에서 막 벗어난 정도밖에 되지 않았고, 취급은 그저 그랬다.

납치해 온 여자들을 범하려고 해도 지위가 낮아 불가능했고, 손에 떨어지는 돈이나 술도 많지 않았다.

"육시랄, 언제까지 이렇게 보내야 하는지!"

왕팔이 걸쭉한 욕설을 중얼거리면서 불평했다.

"히, 히익!"

쇠창살 안에 웅크린 사람들이 왕팔의 외침에 몸을 움찔 떨었다. 서로 껴안고 떠는 것이 안쓰럽다.

크르르!

뇌옥의 구석에서 심기 불편한 울음소리가 들렸다.

그 울음소리에 뇌옥에 갇힌 사람들이 몸을 사시나무처럼 떨어 대며 공포에 질렸다.

"시펄, 언제까지 이딴 짐승의 수발이나 들어 줘야 하나."

대호채에서는 호랑이를 기르고 있다. 그것도 한두 마리가 아니라 열댓 마리나 된다.

그렇다 보니 드는 먹이가 보통이 아니다. 이 먹이를 구하는 데만 해도 산적들의 등골이 휜다.

웬만한 중소규모의 산채라면 엄두도 못 하지만, 녹림구채인 대호채면 어떻게든 구해 왔다.

"아무도 없는 틈을 타서 불평이라도 마음껏 해 봐야지. 평소에 했다간 먹이로 던져지겠지? 퉤!"

대호채주는 인육에 맛이 들린 호랑이에게 사람을 던져 놓고 구경하는 걸 좋아한다.

크허엉—!

천둥이 내려치는 것은 아닐까. 그런 생각이 들 정도의 박력이었다. 소리만으로 몸이 경직된다.

"끅, 끄흡……."

뇌옥에서 공포에 질린 울음소리가 들려온다.

"썅! 배고파서 또 지랄 나셨구만!"

왕팔이 인상을 팍 구기며 짜증을 냈다. 이 일을 시작한 지도 어언 일 년이 되어 간다. 들으면 척이다.

호랑이와 대화를 할 수는 없지만, 그래도 울음소리 몇 가지를 분간할 수 있었다.

"어디 보자, 어떤 놈을 고를까요……."

대호채의 말단이지만 납치당한 사람들에게 왕팔은 명줄을 쥔 염라대왕이다.

"흐, 흐아악!"

"꺄아악!"

뇌옥 안의 사람들이 귀신이라도 본 것처럼 벽에 달라붙으면서 몸을 최대한 웅크렸다.

"이것들이 미쳤나? 오늘따라 왜 이리 소란이야?"

먹이를 던져 줄 시간이 되면 괜히 눈에 띄고 싶지 않아 떠들기는커녕 보통 조용해진다.

콰직!

"어?"

왕팔의 눈이 튀어나올 것처럼 커졌다.

그 순간, 시야가 반 바퀴 회전했다. 그 몸은 바닥에 누운 것처럼 수평선을 그었다.

다만 몸은 바닥에 떨어지지 않은 채 허공에 떠 있었다.

무슨 일인가 하고 파악하려 했으나 허리에서부터 덮쳐오는 끔찍한 고통에 신음 소리가 터져 나왔다.

콰지직!

"끄, 끄아아아아아아악!"

무지막지한 턱 힘이 허리에 압력을 가한다. 피부를 꿰뚫은 송곳니가 내장을 집어삼켰다.

몸을 발버둥 치려고 하자 호랑이의 육중한 앞발이 뼈를 부러뜨리며 짓눌렀다.

우득! 우드득!

소름 끼칠 정도로 섬뜩한 소리가 뇌옥의 내부를 가득 메웠다. 왕팔이 고깃덩이가 된 건 순식간이었다.

사람들은 서로를 안은 채, 입을 꾹 다물고 몸을 부들부들 떨었다.

크르르!

입가가 피투성이인 호랑이가 머리를 들었다. 주변을 압도하는 그 눈은 굶주림으로 사납게 빛났다.

호랑이는 먹이가 가득한 쇠창살 안을 뚫어지게 노려봤다.

저 좁고 불쾌한 곳이 어디인지 잘 안다. 그간 자신을 가둔 곳이지 않나. 벗어나려고 발버둥 쳤었다. 그러나 빠져나올 수 없었다.

배를 채울 수 있는 먹이가 있어도 꺼낼 수가 없다.

아쉽지만 다른 곳으로 발걸음을 옮길 수밖에 없다. 어차피 먹이야 바깥에도 있지 않은가.

얼굴도 모르는 인간을 입에 털어 넣은 뒤, 위쪽으로 향했다.

"흐, 흐윽!"

"흐으윽!"

"끄흑!"

호랑이가 물러나자 사람들이 그제야 안도한 듯 뒤늦게 울음을 터뜨렸다.

그러나 그것도 잠시. 천장이 꺼지면서 그림자가 뛰쳐나오자 다시 입을 다물었다.

"걱정하지 마십시오. 구해 드리러 왔습니다."

    *   *   *

댕! 댕!

대호채 곳곳에서 경종이 울렸다. 한 번 울리면 경계이고, 두 번이면 내부에 큰일이 벌어졌다는 의미다.

술을 마시면서 한가롭게 시간을 보내던 녹림도들이 헐레벌떡 튀어나왔다.

"무슨 일이…… 크아악!"

문 바깥으로 이제 막 나온 녹림도가 옆에서 덮쳐 온 호랑이에게 목이 물린 채로 비명을 질렀다.

"뭐, 뭐야! 채주님 애완동물이잖아!"

"끄아아악!"

"대체 몇 마리나 탈출한 거야!"

곳곳에서 비명이 끊이지 않는다. 산채의 중앙은 벌써부터 시체들로 엉망이다.

집채만 한 크기의 대호가 시퍼런 눈빛을 뿜어 대며 사냥에 나선다. 산채 내부는 짙은 혈향으로 가득했다.

녹림도 몇몇이 힘을 합쳐 제압하려 했으나, 쉽게 되지 않았다. 앞발을 휘두르면 두셋이 죽었다.

"으악! 얼른 사육사를 불러와!"

"죽었어!"

굶주려 아무것도 보이지 않는 호랑이도 있지만, 힘들게 조련에 성공한 부류도 있었다.

그러나 어떻게 된 영문인지 통제가 되지 않았다. 전부 하나같이 잔뜩 굶주린 것처럼 무척 흥분해 있다.

대호채는 우리를 탈출한 호랑이들로 인해 순식간에 혼란에 잠겼다.

무엇보다 전부 대호채주가 아끼는 애완동물인지라 함부로 상처 입힐 수도 없었다.

과거에 호랑이를 길들이려다가 실수로 눈을 찔러 상처 입힌 녹림도가 호랑이 밥으로 갈기갈기 찢겼다.

망루에서 현세에 펼쳐진 지옥을 내려다보던 녹림도는 경종을 울려 대며 제발 채주가 답해 주길 바랐다.

다행히 그 바람은 채주실 앞을 지키던 녹림도에게 전해졌다.

"채주!"

"머저리 같은 놈들! 그깟 관리 하나 제대로 못 해?"

우리에서 탈출했다는 소식을 듣고 화가 머리끝까지 치밀어 올랐다. 담당을 어떻게 죽일까 고민했다.

그러나 한 마리가 아니라 여러 마리라는 말을 듣자 표정이 딱딱하게 굳었다.

"무슨 일이 있구나!"

자고로 도적의 소굴에는 죄 없는 사람들이 붙잡혀 있다. 대부분 그들은 강제로 끌려왔다.

녹림구채의 대호채라면 두말할 것도 없었다. 잡혀 온 사람들 역시 적지 않을 것이라 생각했다.

그들을 생각하면 독을 마음껏 쓸 수 없었다. 자칫 잘못했다간 죄 없는 사람들까지 중독된다.

그러나 대안이 없는 건 아니었다.

자신이 누구인가!

당가의 혈족이자 독봉이다. 그 유명세는 결코 돈으로 바꿔서 얻은 게 아니다.

머릿속엔 독에 대한 무수한 지식이 자리 잡고 있었다. 그중에선 이름도 모를 희귀한 독도 있었다.

"허어."

붙잡힌 사람들을 진정시킨 주서천은 바깥에 나오자마자 펼쳐진 광경을 보고 혀를 내둘렀다.

"아귀독(餓鬼毒)이라 했나, 사람이라면 몰라도 굶주린 맹수들을 대상으론 참으로 무시무시하구나."

아귀독은 이름에 걸맞게 굶주림이 끊이지 않는 독이다.

그러나 생각보다 그렇게 쓸모 있는 독은 아니었는데, 이는 그 양이 비효율적으로 많이 들어서 그렇다.

성년을 중독시키려면 무려 서너 근이 드는 것도 문제지만 무엇보다 효능이 미미했다.

굶주려서 먹을 걸 찾게 되고 힘이 없다는 정도일 뿐이지, 눈이 홱 돌아가서 인륜을 저 버릴 정도가 되려면 최소 몇 관 정도는 소모해야 한다.

독에 드는 재료가 그리 희귀한 건 아니지만, 그렇다고 그렇게 노력을 들일 정도로 쓸모가 있지도 않았다.

차라리 정신에 이상이 생기는 독을 사용하거나 남만이나 혈교의 주술을 이용하는 게 더 빠르다.

그러나 이 아귀독은 특이하게도 사람이 아닌 동물에게 이상할 정도로의 뛰어난 효력을 발휘했다.

대호채에서 오랜 시간 동안 조련한 맹수들조차 이성을 잃고 날뛴 것이 바로 이 아귀독 때문이었다.

밤이 지나고 동이 텄을 무렵. 주서천은 당혜에게 아귀독을 받아 대호채에 잠입했다.

유령신공이 있어 들키지 않고 들어갈 수 있었고, 뇌옥을 찾아다니면서 아귀독을 뿌렸다.

그 와중에 사람들의 안전을 확보하는 것도 잊지 않았고, 준비가 끝낸 뒤에는 곧장 우리를 열었다.

"누구냐!"

혼란을 틈타 정문으로 향하던 중 녹림도와 마주쳤다.

"주서천!"

솔직하게 대답해 주면서 앞으로 나아간다. 녹림도가 급히 칼을 꺼내 들었으나 이미 늦었다.

소매에서 비수가 물 흐르듯이 빠져나와 쏘아졌다.

"킥!"

녹림도의 고개가 꺾이듯이 뒤로 젖혔다. 화살처럼 쏘아진 비수가 목에 꽂혀 비명조차 내지 못했다.

"침입자닷!"

위에서 들려온 목소리에 주서천이 머리를 들었다.

정문 인근에 설치된 망루와 경종이 보였다. 한 곳이 아니라 두 곳에서 시끄럽게 떠들어 대고 있다.

눈동자를 굴려 그 옆을 살폈다. 정문과 이어진 벽 위에서 활의 시위를 당기는 녹림도가 보였다.

"어딜!"

지면을 박차 도중에 방향을 꺾는다. 방금 전까지 서 있던 자리에 화살이 날아와 꽂혔다.

주서천이 화살이 날아온 방향으로 왼팔을 휘두르자, 그 안에서 빛과 더불어 비수가 뿜어져 나왔다.

"끅!"

녹림도가 활을 쥔 채로 앞으로 고꾸라졌다. 가슴에 비수가 꽂힌 고통보다 낙하하는 두려움이 컸다.

그걸 보자마자 마음이 급해진다. 용천혈에 내기를 주입해 속도를 올렸다. 다행히 아슬아슬하게 녹림도가 떨어지는 곳에 먼저 도착할 수 있었다.

"후우!"

간발의 채로 잡아챈 활을 확인한다. 당연하지만 죽어 버린 녹림도가 걱정스러워서 속력을 낸 게 아니다.

화살통에서 화살을 꺼내 시위에 대충 건다.

피융!

화살이 시위에서 떠나며 파도처럼 출렁인다. 내기를 실은 덕에 바람의 저항을 적게 받았다.

그다지 집중을 하지 않았음에도 표적에게 향한 길은 탄성을 내뱉을 정도로 정확하면서도 깔끔했다.

"커억!"

우측 망루 위에 서 있던 녹림도에게 명중했다.

"죽어랏!"

좌측의 망루에서 살의가 느껴진다. 시선을 옆으로 돌려보니 화살이 이쪽으로 날아오는 게 보였다.

주서천은 당황하지 않고 평정심을 유지하며 화살을 하나 날리고, 연달아 쏘았다.

팟!

화살이 아래에서 위로 사선을 그었다가, 아래로 쏘아진

화살과 부딪쳤다.

"말도 안 돼!"

녹림도가 입을 떡 벌렸다.

급습을 노리고 날린 화살인데, 그걸 마찬가지로 화살을 쏘아서 막았다. 전설 속에 나오는 신궁(神弓)이다.

그러나 놀라움도 잠시. 녹림도는 연달아 날아온 화살에 의하여 비명과 함께 망루 아래로 떨어졌다.

더 이상 망루에 감시자들이 없다는 걸 확인한 주서천은 정문을 열었다.

"가자!"

문이 열리자마자 앞장선 장홍이 튀어나왔고, 그 뒤로 토벌대가 줄줄이 따라서 산채 안으로 들어왔다.

화산파, 금의검문, 당가의 무인들이었다.

"금의검문은 인질들을 구출한다!"

초련이 금의검문의 무사들을 이끌고 흩어졌다.

"화산파는 진격한다!"

장홍과 장서은이 지휘를 능숙하게 했다. 강호의 선배인 만큼 수선행 도중 다양한 것을 배웠다.

낙소월도 못 하는 건 아니지만, 굳이 지휘할 필요성을 느끼지 않아 검을 휘두르는 데 힘썼다.

"크아아악!"

"치, 침입자다!"

대호채 입장에선 첩첩산중이고 설상가상이었다. 호랑이만으로도 심각한 상황에서 침입자까지 나타났다.

"당가는 주변을 정리한다."

당혜가 차가운 눈초리로 주변을 슥 훑어봤다. 그 눈동자에 담긴 것은 굶주린 호랑이였다.

그러나 신기하게도 호랑이는 토벌대에게 다가가지 않았다. 근처에 있어도 스리슬쩍 피해 갔다.

아귀독을 사용한다는 시점부터 짐승에게서 몸을 보호하기 위해 악취가 나는 분을 발라 대비했다.

"가자—!"

"와아아아아!"

*　　　*　　　*

대호채의 상황이 급박해졌다.

미쳐 날뛰는 호랑이에 의한 피해도 작지 않았지만, 방금 전 정문이 열리며 들어온 침입자가 문제였다.

열댓 명도 아니고 대략 봐도 오십이 넘는다. 들려오는 보고에 의하면 실력도 보통이 아니었다.

"쌍!"

대호채주, 산혈호(山血虎) 과달륵의 머리 위로 퍼런 핏줄이 툭 튀어나왔다. 분노가 용암처럼 들끓었다.

어흥—!

과달륵의 분노를 대변하듯 호랑이 울음소리가 산채를 가득 메웠다. 그러나 좋지만은 않았다.

"아아악!"

"채주! 채주! 살려 주십시오!"

산채에 곳곳에서 비명이 끊이지 않는다. 머리를 드니 멀리서부터 수하들이 도망쳐 오는 게 보였다.

그걸 본 과달륵의 얼굴이 일그러졌다.

콰지직!

"끄아악!"

도망치던 녹림도가 결국 붙잡혀 머리째로 뜯겼다. 뜯겨진 목 사이에서 피가 솟구치면서 주변을 덮었다.

과달륵이 얼굴을 일그러뜨린 채로 앞으로 걸었다.

이제 막 식사를 시작하려던 호랑이가 그걸 느끼곤 과달륵에게 덤벼들었다.

"감히 주인에게 덤벼들다니!"

그러나 과달륵이 누구인가. 대호채주이자 천하백대고수인 혈산호다.

과달륵은 허리춤의 칼조차 뽑지 않고, 얼마 전까지 귀여

워하던 호랑이의 머리를 겨드랑이에 꼈다.

우드득!

"헉!"

오줌을 지린 채로 도망쳤던 수하가 숨을 멈췄다.

'채주가 괴물이라 하더니 진짜구나!'

과장해서 집채만 한 호랑이가 단숨에 죽었다. 도저히 사람으로 보이지가 않았다.

"뭣들하고 있어!"

과달륵이 화풀이하듯 호랑이를 발끝으로 차 버렸다. 목이 꺾인 호랑이가 날아가 지면을 굴렀다.

"주인에게 송곳니를 보인다면 봐줄 것 없다! 전부 죽여 버려라!"

"치, 침입자는 어떻게 할까요? 예사롭지가 않습니다."

"예사롭지 않으면 도망칠 생각이냐?"

과달륵이 눈을 번뜩이면서 노성을 냈다.

"그, 그럴 리가 있겠습니까!"

꿀꺽!

괜히 심기를 건드려 호랑이의 먹이로 던져지고 싶지는 않았다.

"뇌옥에서 식량들 꺼내 와서 인질로 써 보고, 안 통하면 알아서 싸워! 어차피 수적으로 이쪽이 위다!"

노략질을 위해 녹림도 대부분이 바깥에 나가 있지만 그래도 삼백 명 정도는 산채에 남았다.

그러나 그 삼백여 명 중 백여 명이 맹수들에 의하여 줄어든 것을 과달륵은 뒤늦게 깨달았다.

화산의 검수들에게 물러서는 일 따위는 없었다. 검을 휘두르면 녹림도가 추풍낙엽처럼 쓰러졌다.

그러나 완전히 유리한 것만은 아니다. 수적으로 차이가 나다 보니 내공의 소비가 빨랐다.

그리고 그것을 주서천만이 유일하게 눈치챘다.

'사대제자, 그것도 대다수가 경험이 없다 보니 조절할 줄을 모르는군.'

연화각의 사형제들은 알아서 조절해서 괜찮았지만, 그 외의 제자들은 대다수가 자중이란 걸 몰랐다.

근처에서 맹수의 울음소리가 들리는 것도 신경 쓰였고, 그 외의 쏟아지는 공격에 힘이 들어갔다.

"자칫 잘못하면 내공을 전부 소진할 수 있으니, 중앙의 사형제들께서는 이를 신경 써 주시기를 바랍니다!"

중앙을 향해서 경고를 던지자 화산파의 움직임이 미미하게 변했다.

화산파의 공세가 줄어들자 쓰러지는 녹림도의 속도도 떨

어졌으나, 그래도 태세가 안정적으로 변했다.

"악! 소매 안의 매화!"

"화산파다!"

시간이 지나자 녹림도가 그제야 눈치를 챘다.

"크어억!"

"당가도 있다!"

구석에 몸을 숨기고 있거나, 상처를 입고 도망치려던 녹림도가 목이나 가슴을 부여잡고 쓰러졌다.

혈색이 시커멓게 물든 것을 보니 중독된 것이 틀림없었다.

일련의 무리가 전장 곳곳을 누비면서 무언가를 뿌리거나 혹 암기를 던지자 그 정체를 알아챘다.

"화산보다 못했다는 소리를 듣는다면 오늘 잠은 다 잤다고 생각하는 게 좋을 거야."

당혜의 목소리는 크지 않았지만, 당가의 무사들의 귀에 똑똑히 들렸다.

지는 것을 싫어하며 자존심이 상당한 당혜답게 누가 말도 안 했는데 벌써부터 경쟁심을 불태웠다.

당혜는 중앙에서 조금 벗어났으나, 홀로 앞으로 나서서 주변의 녹림도를 한꺼번에 상대했다.

"크아아악!"

"이 계집년이!"

"아악!"

당혜의 손에 자비란 건 없었다.

봉황이 날갯짓하듯 손을 휘두르자 소매 안에서 무수한 독침이 튀어나와서 주변을 뒤덮었다.

가까스로 중독을 피한 녹림도가 가까이서 도를 휘두를 때는 당문의 금나수를 이용해 목을 낚아챘다.

"커허어억!"

녹림도의 눈이 튀어나올 것처럼 커졌다. 새하얀 손가락이 닿은 부위가 타오를 것처럼 뜨거워졌다.

여자에겐 그다지 통하지 않지만, 남자일 경우 독기를 보내 지닌 양기를 과하게 불려 화상을 입힌다.

목이 타들어 가자 몸이 말을 듣지 않았다.

"어찌 저리 끔찍할 수가!"

"독봉에게 다가간다면 그냥 넘어가지 않는다고 하더니, 정말이로구나."

"적이 아닌 걸 다행으로 여겨야 한다."

"이봐, 사제. 아까 전에 당가가 별 도움이 안 될 것이라는 말 취소하는 게 좋을 거야. 그렇지 않으면 사제도 저렇게 될지 모르거든."

화산파의 제자들이 혀를 내둘렀다.

그들도 정파인지라 은연중에 독과 당문이 별 도움이 되지 않을 것이라며 무시하는 경향이 있었다.

그러나 독의 무서움을 눈앞에서 보고 그 위력이 얼마나 대단한지 깨닫자 인식을 조금 고칠 수 있었다.

"화산파랑 당가라고?"

"단순한 습격이 아니잖아!"

구파일방과 오대세가가 껴 있는 것만으로 녹림도의 사기가 곤두박질쳤다.

"인질을 데려와라!"

수염을 아무렇게나 기른 산적이 외쳤다. 기도를 보아하니 하수는 아니었다. 대충 봐도 일류가 넘는다.

"예, 부채주!"

아니나 다를까 대호채의 부채주였다.

뇌옥에 비교적 가까이 있는 녹림도들이 움직였다. 그러나 얼마 지나지 않아 헐레벌떡 튀어나왔다.

"부, 부채주! 뇌옥에도 누가 있…… 크아악!"

녹림도가 누군가에게 등을 베이며 쓰러졌다.

"웬 놈들이냐!"

부채주의 목소리가 불안감으로 미세하게 떨렸다.

'화산파와 당가만 해도 벅찬데, 여기서 더 있다고?'

구파일방과 오대세가만 아니기를 빌었다.

"금의검문의 질풍십객, 초련 님이시다!"

처음에 봤을 때는 근육이 워낙 대단하여 남자인 줄 알았는데, 목소리를 들어 보니 여자였다.

"휴우!"

부채주가 안도의 한숨을 내쉬었다. 그러나 안심하는 것이 일렀다. 금의검문이라는 이름이 걸렸다.

'금의검문이라고?'

얼마 전에 녹림, 아니 적림에서 회의가 있었다.

금의상단이 보복을 목적으로 토벌대를 결성해 무사들을 보냈다고 한다. 그런데 그 인솔자가 문제였다.

부채주의 머리가 홱 돌아갔다. 그 시선은 화산파 무리에 고정됐고, 무언가 찾는 듯 바쁘게 움직였다.

"초련! 보고!"

주서천이 부채주는 무시한 채로 초련에게 외쳤다.

초련이 주서천을 보고 엄지를 들었다.

"확보했으니 걱정하지 마시오, 대장. 간수도 적어 손쉽게 정리했소. 마음껏 날뛰시오!"

"오냐!"

전황을 바쁘게 살피며 명령을 내리는 것도 끝이다.

금의검문이 인질의 보호로 참전하지 못하겠지만, 상황이 워낙 압도적으로 우세하게 흘러가 상관없다.

대호채의 피해가 생각 이상으로 커서 좋았다.

"대호채의 부채주! 긴말 하지 않겠다!"

주서천이 앞으로 걸어 나가 위풍당당하게 외쳤다.

"목숨이 아깝다면 항복해라. 그러면 살려 주마!"

"새파란 애송이 따위가 이곳이 어디인지도 모르고 제멋대로 떠들어 대는구나!"

부채주의 입은 움직이지 않았다. 그 대신 누군가를 반기는 표정을 지었다.

"산혈호!"

초련이 과달륵을 알아봤다.

"산혈호, 과달륵……."

장홍이 검에 쥔 손에 힘을 꽈악 주었다. 약간의 여유조차 사라지고 대신 긴장감이 감돌았다.

울긋불긋하게 부풀어 오른 근육은 과연 검이 들어갈까 의문이 들었고, 팔뚝은 통나무처럼 굵었다.

이곳에 오면서 누구를 죽였는지 몰라도 살갗이 피로 뒤덮여 있는 것이 인상적이다.

대호채의 채주인 과달륵은 단순한 산적 나부랭이가 아니다. 천하백대고수에 드는 강자다.

"만나서 반갑다, 산적. 주서천이라고 한다."

"……!"

부채주가 숨을 삼켰다. 주변의 녹림도도 놀랐다.

"매화정검? 흥!"

과달륵이 콧방귀를 꼈다.

"주상철인가 뭔가 하는 놈이 상인에게 영혼을 팔아 하인을 자처한다던데, 그게 네놈이렸다?"

"이놈! 얻다 대고 지껄이느냐!"

장홍이 자기 일처럼 분노를 터뜨렸다.

과달륵의 동공이 장홍으로 향했다. 그러나 장홍에게는 오래 머물지 않고, 옆의 낙소월로 향했다.

머리부터 발끝까지 슥 훑어본 뒤 얼굴에 고정한다. 입가에는 음욕이 가득한 미소가 나타났다.

"화산에 절세미녀가 있다곤 듣지 못했는데, 이름이 무엇이냐? 내 특별히 첩으로 삼아 주도록 하마."

낙소월이 마음에 안 드는 듯 눈썹을 찡그렸다.

"내 이름은 주서천이다."

주서천이 말했다.

"호, 저기 한 성깔 할 것 같은 년도 미색이 보통이 아니로군. 혹시 내 눈을 호강시키려 왔느냐?"

당혜가 기분이 몹시 좋지 않은 듯 독기를 끌어 올렸다. 손끝에서 흘러나온 아지랑이가 주변을 덮자, 꼿꼿하게 자라난 잡초가 시커멓게 바스러졌다.

"내 이름은 주서천이다."

주서천이 말했다.

"좋아, 내 특별히 자비를 베풀어 주도록 하마. 여자들을 넘긴다면 사내놈들의 목숨만은 내버려 두겠다."

"헛소리! 뚫린 입이라고 잘도 지껄이는구나! 감히 이분이 누구신지 아느냐! 독봉이신 당혜 아가씨다!"

원대식의 서슬 어린 목소리가 전장에 울렸다.

"그리 벌주를 마시겠다 하면……."

"내 이름은 주서천이다."

"입 닥쳐라, 매화정검! 네까짓 놈 이름 따윈 그다지 궁금하지 않으니 정정하지 않아도 된다!"

과달륵이 끝내 참지 못하고 반응했다.

"나름의 상냥함이라고 생각해라. 이제 곧 죽을 터인데, 누가 죽였는지 정도는 알아야 하지 않겠어?"

"뭐라고? 크하하하!"

과달륵이 허리까지 젖히면서 크게 웃었다. 명백한 비웃음이었다.

"미친놈!"

"정파의 후기지수 아니랄까 봐 오만방자하구나!"

"클클클! 넌 이제 죽었다!"

대호채의 녹림도도 재미있다는 듯이 웃었다. 지하 밑까

지 곤두박질쳤던 사기는 살아난 지 오래다.

산혈호가 나타난 순간부터 없던 힘이 솟아나고, 도망치기 급급했던 눈초리에는 살의가 넘쳐난다.

설사 이 자리에 오룡삼봉이 있다고 한들, 채주인 과달륵과 비견될 정도는 아니다.

"어쩌다 운이 좋아 산화일장을 이긴 것을 가지고 세상을 자기 밑에 둔 것처럼 행동하는구나, 건방진 놈."

스르릉

과달륵이 몸집과 어울리는 대도(大刀)를 뽑았다.

도신이 햇빛에 반사되어 섬뜩하게 빛났다.

"아무래도 독봉과 협공하면 이길 수 있을 것이라 생각하는 모양인데, 그게 큰 착각이란 걸 깨닫게 해 주마."

산만 한 몸집에서 살의가 뿜어져 나와 몰아쳤다.

그동안 살해한 사람들의 숫자만 해도 세 자릿수가 넘는만큼, 살의의 농도도 짙었다.

녹림도라 하지만 천하백대고수라는 이름의 무게가 가볍지 않다는 걸 증명하듯, 공기부터 달라졌다.

토벌대원들도 아무 말 하지 않고 대형을 바꿨다.

화산파는 검진을 준비하고, 당가도 숨겨 두었던 비장의 독과 암기에 손을 옮겼다.

과달륵은 살기로 가득한 폭풍우의 중심 속에서 자신의

대도를 크게 휘두르며 외쳤다.

"정파의 위선자들이여, 대호채의……."

"거참, 말 진짜 많네!"

주서천이 과달륵의 말을 끊고 튀어 나갔다.

지면을 쳐 내고 쏘아져 나간 그 몸놀림이 워낙 순식간이었는지라 남들에게는 사라진 것처럼 보였다.

과달륵도 설마하니 주서천이 급습을 할 줄은 상상도 못한 듯, 기겁하면서 공력을 끌어 올렸다.

째앵!

금속끼리 부딪치면서 마찰음을 토해 냈다.

'무, 뭔!'

과달륵에게서 보이던 여유가 싹 사라졌다. 그 대신 당혹감만이 남았다.

"내가 조금 바쁘다. 그러니까 시간 길게 끌지 말고 얼른 끝내자."

아지랑이처럼 피어오른 기가 검을 두른다. 얇은 막이 점차 두꺼워지고 단단해졌다.

과달륵의 눈이 보름달만 해졌다.

'거, 검강?'

십여 년 동안 꿈꿔 왔다가 포기한 것이 눈앞에 있다. 내공을 힘껏 끌어 올렸지만 강기를 막지 못했다.

마을에서 소문난 장인들을 데려와 만들었던 애도(愛刀)
가 얼마 버티지 못하고 절단되려 한다.

그걸 본 과달륵이 당혹감을 감추지 못하고 급히 말했다.

"이보시오. 잠시만 기다려 주⋯⋯."

서걱!

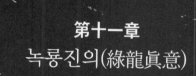

第十一章
녹룡진의(綠龍眞意)

"으악!"

과달록이 볼썽사납게 뒤로 벌러덩 넘어졌다. 위엄 어린 모습은 눈 씻고 찾아봐도 보이지 않았다.

손에 쥐고 있던 대도도 동강 난 채 바닥에 떨어졌다.

"……."

한껏 과열된 열기가 찬물에 적셔졌다. 함성을 내지르려던 전장은 차디찬 적막감으로 가득 찼다.

그 누구도 목소리를 내지 못했다.

토벌대도 녹림대도 입을 떡 벌리고 있을 뿐.

'내가 꿈을 꾸고 있는 것인가?'

누구보다 어안이 벙벙한 건 과달륵이었다.

자신이 누구인가!

천하백대고수, 대호채의 채주 산혈호가 아닌가!

그런데 새파란 애송이에게 반격도 하지 못하고 당했으며, 무엇보다 믿을 수 없는 건 적의 검강이었다.

'화경이라고?'

상천십좌조차 화경에 오르는 데 삼십 년이 넘었다.

약관밖에 되지 않은 애송이가 어떻게 해 볼 수 없는 영역이다. 아무리 천부적인 재능이 있어도 불가능하다.

과달륵은 아직도 믿기지 않는 듯, 입을 뻐끔거리다가 눈앞에 놓인 상황을 부정했다.

"그래, 사술이 틀림없다!"

과달륵이 머리를 좌우로 흔들며 눈을 부릅떴다.

"매화정검, 이 비겁한 새…… 켁!"

말을 다 하기도 전에 발이 날아와 가슴을 찼다.

"바쁘니까 시간 길게 끌지 말라니까. 너에게 물어볼 게 많으니 괜한 저항하지 말고 항복하자."

과달륵은 여전히 정신을 차리지 못했다.

수하들 앞에서 형편없이 넘어진 대호채주라니. 악몽도 이런 악몽이 없다.

토벌대와 녹림도 역시 머리가 상황을 따라가지 못했다.

주서천이 사라졌다가 나타나더니 과달륵이 누웠다.

사형제들의 눈도 튀어나올 것처럼 커졌다. 주서천의 무공을 전부 알고 있는 사람들만 놀라지 않았다.

"예로부터 정신 못 차리는 악인에게는 몽둥이가 약이었다."

퍼억!

"케헥!"

과달륵의 입에서 비명이 절로 나왔다.

'싸, 쌍!'

아프다. 눈물이 날 정도로 아팠다.

아무렇게 휘두른 것 같지만 아니다. 내공을 실어서 후려쳤다.

고통을 최소화하려고 내공을 끌어 올리려 해도 혈도를 골라 때리는 탓에 집중이 흐트러져 불가능했다.

주서천은 과달륵의 뒷덜미를 잡고 질질 끌고 갔다.

"대호채주는 나 주서천에게 패배했다!"

녹림도의 낯빛이 어두워졌다. 몇몇은 벌써부터 눈치를 보며 도망칠 틈을 찾고 있었다.

한편 토벌대는 허탈해했다. 이제 막 격렬한 공세를 펼치려던 차 모든 것이 끝났다.

'아니, 주서천이 저렇게 강했어?'

'산화일장에게 이긴 건 운이 아니었구나!'

'주서천 사형이 장문인께 가르침을 받았다고 하더니, 깨달음을 얻고 저리 강해진 건가? 부럽다.'

'천하백대고수가 저렇게 허무하게 패배할 줄이야!'

매화정검의 유명세는 크지만, 그 무공을 목격한 사람은 그다지 많지 않다.

그렇다 보니 주서천의 무공에 반신반의하는 사람이 제법 있었다.

화산파가 특히 그랬다. 주서천이 워낙 혼자 행동하니 무공을 보기는커녕 만나 본 적도 없었다.

'대호채가 끝났구나!'

챙그랑!

녹림도가 전의를 상실했다. 그들의 손에서 병장기가 하나둘씩 떨어지며 시끄러운 소리를 냈다.

"대협! 부디 목숨만은 살려 주십시오!"

부채주가 지면에 머리를 부딪치며 애원했다.

* * *

대호채의 토벌이 허무할 정도로 간단하게 끝났다.

적을 사로잡으려면 우두머리부터 잡아야 한다고 하지 않

았나. 결과는 산혈호가 패배한 순간부터 정해져 있었다.

만약 금의검문만 이끌고 왔다면 이리 쉽게 정리되지는 않았겠지만, 구파일방의 화산파와 오대세가의 당가가 합류한 덕분에 투항을 쉽게 받아 냈다.

괜히 명문이 아니다. 이름만으로도 굴복하게 만드는 것이 구파일방과 오대세가의 권위였다.

대호채의 투항을 받아 낸 뒤, 포박한 채 한곳에 모아 두었다. 얼마 지나지 않아 맹수들이 몰려왔다.

토벌대는 녹림도의 살려 달라는 외침을 다물게 만든 다음, 미끼에 끌려온 맹수들을 처리했다.

화산파는 녹림도를 감시했고, 금의검문과 당가의 무사들이 산채 곳곳을 돌아다니며 잔당을 찾았다.

반항하면 목숨을 끊었고, 투항하면 포박한 채 중앙으로 데려왔다.

그 외에는 납치된 사람들을 찾아 풀어 주었다.

"만세!"

"감사합니다, 감사합니다……!"

"살았어! 살았다고!"

매일매일 언제 죽을지 모르는 나날. 남자들은 맹수의 먹이로 전락했고, 여자들은 죽을 때까지 범해졌다.

살아서 환호하는 사람들도 있었지만, 생지옥을 겪고 충

격을 받아 텅 비어 버린 사람도 있었다.

해가 중천에 뜰 무렵, 숨어 있는 녹림도가 없다는 걸 확인하고 그들을 뇌옥으로 옮겼다.

주서천은 그 와중에 채주와 부채주만 따로 빼내서 심문했다.

"당가의 독이 얼마나 지독한지는 알고 있을 거라고 생각한다. 그러니 순순히 말하는 게 좋을 거야."

"넵!"

부채주가 기다렸다는 듯이 나불거렸다. 목숨을 건지기 위해서라면 못할 것 없었다.

"그 새끼가 전부 시켰습니다."

묻지도 않았는데 온갖 악행까지 꺼내서 이야기했는데, 전부 채주의 탓으로 돌렸다.

대호채의 재물을 어디에 숨겼는지도 전부 말했다.

함께 심문하면 과달륵 탓에 지레 겁먹고 제대로 말하지 않을 것 같아서 따로 했는데, 성공적이었다.

"천하의 호래자식들이군."

산처럼 쌓여 있는 금은보화를 보고 욕이 나왔다. 재물에 대한 감탄보다, 이 많은 것을 가지려고 얼마나 많은 사람들을 해친 걸까, 라는 생각이 들었다.

녹림구채, 그것도 중위에 속하는 산채라서 그런지 축적

해 둔 양이 적지 않았다.

금은보화부터 시작해서 온갖 물품으로 가득했는데, 그중에서 의약품과 식량부터 꺼냈다.

산채에 붙잡혀 제대로 먹지도 못한 사람들의 배부터 채워 준 뒤, 의약품으로 상처부터 치료해 주었다.

"아이고, 구해 주신 것도 감사한데 이렇게까지 해 주실 필요 없습니다!"

"괜찮습니다. 무림인으로서 해야 할 일을 했을 뿐입니다."

그뿐만이 아니다. 주서천은 대호채의 창고를 개방해 사람들이 재기할 수 있도록 재산을 분배해 줬다.

목숨은 구했으나 앞으로 어떻게 살아가야 할지 앞길이 암담했던 사람들은 눈물을 쏟아 내며 기뻐했다.

참고로 고향 땅이 습격을 당해 갈 곳 잃은 사람들에게는 금의상단에 의탁하라고 말해 두었다.

"그 정도의 돈이라면 금의상단에서 살 곳이나 할 일 정도는 구해 줄 것입니다."

"끄흐흑, 감사합니다! 감사합니다!"

살아갈 희망이 생기자 감정이 격해졌는지 울음바다가 됐다.

'좋아. 이걸로 백성들의 지지를 받을 수 있다.'

금의상단은 상왕의 수완으로 돈과 힘을 쉬이 얻었지만, 그 평이 사람들에게 좋지만은 않았다.

그도 그럴 것이 장사 초기 때부터 전장을 돌아다니며 병장기나 군량을 파는 전쟁상인이어서 그랬다.

게다가 무림에서의 평가 또한 좋지 않았다.

정파에 보급해 주는 건 좋았지만, 칠검전쟁 때 다발화전을 사용하여 그 좋던 인식도 떨어졌다.

이의채가 구휼을 하지 않는 것은 아니었지만, 효과가 미미하여 어찌할지 고민 중이던 참이었다.

대호채를 무너뜨리고, 사람들을 구해 그 뒤처리를 맡기는 걸로 대신해 효과를 볼 수 있으리라.

분배를 끝낸 주서천은 금의검문의 무사를 불러 녹림도의 신병을 관아로 넘기도록 했다.

"사제. 나는 정말 사제가 자랑스러워."

장홍이 어깨를 가볍게 두드리며 진지한 얼굴로 말했다.

"화산에서 재물을 탐하지 말라고 가르쳤지만, 그게 말처럼 쉬운 건 아니지. 부끄럽지만, 나는 처음 이 산더미처럼 쌓인 재화(財貨)를 보고 '이렇게 많은데 한 움큼 정도는 몰래 가져가도 되지 않을까?'라고 생각했다."

도사라고 욕구가 없을 리 없다. 사람이라면, 누구든지 재욕이 있다.

"그런데 사제는 잡혀 온 사람들을 위해 일말의 망설임도 없이 재물을 분배하자고 말했어. 그런 사제가 정말로 대단하고 자랑스럽다."

"사형의 말대로야. 연화각의 어린 시절과 달라진 것이 별로 없구나. 무공도 성품도 못 당하겠네."

장서은이 동의하듯 미소 지었다.

'널린 게 돈이라서 그런 건데……'

주서천의 양심이 조금 찔렸다.

"후후."

낙소월이 기분 좋은 듯 웃었다. 마치 자신이 칭찬을 받은 것처럼 기뻐해 줬다.

"훈훈한 분위기도 좋지만, 슬슬 앞으로의 일에 대해서 이야기를 나눠야 하지 않을까요?"

당혜가 사형제 사이에 비집고 들어와 물었다.

"그동안 말하지 않았던 생각도 말해 주셨으면 해요. 계속 입 다물고 있으면 대응하기 힘드니까요."

당혜의 지적에 초련이 동의하듯 고개를 주억거렸다.

"마침 그럴 참이었습니다."

대호채를 쳐부수고 관아로 사람을 보냈으니 이 소식은 곧 녹림구채를 넘어 중원에 퍼질 것이다.

더 이상 숨길 이유가 없었다.

"모두가 알다시피, 토벌대의 목적은 적림십팔채의 괴멸, 혹은 그에 준하는 것입니다."

꿀꺽.

"그러나 그게 말처럼 쉬운 것이 아니라는 것은 알고 있으실 겁니다."

화산파와 제갈세가가 괜히 과거에 한을 품은 채로 넘어간 게 아니다. 소모되는 인력이 적지 않았다.

토벌대의 구성원이 약한 것은 아니지만, 그래도 적림십팔채를 전부 상대하기에는 터무니없이 부족했다.

이번처럼 경계가 허물어진 틈을 노릴 수도 없고, 맹수들을 이용할 수 있는 것도 아니다.

한군데를 공격하다가 만약 적의 지원 병력이 포위라도 한다면 끝장이다.

주서천처럼 고수라면 어떻게든 도망칠 수는 있으나 그 외의 토벌대원이 살아남을 확률은 낮다.

"대호채에서 반나절에서 한나절 정도 남하하면, 녹룡채(綠龍寨)가 나옵니다."

"아!"

사람들이 무언가 눈치챈 듯 탄성을 질렀다.

"녹룡채주, 아니 적림총채주가 최종 목표입니다."

도적들의 연합체인 적림의 구조는 무림맹이나 사도천과

비슷하다. 정파는 정파끼리, 사파는 사파끼리 모인 것처럼 도적끼리 모여 손을 잡고 대표를 뽑는다.

녹림구채와 수림구채를 이끄는 자가 적림총채주다.

"저희의 힘만으로 적림을 전부 상대하는 것은 현실적으로 불가능합니다. 그러니 총채주의 목만 빼앗고 후퇴합니다."

"과연……!"

낙소월이 무언가 눈치챈 듯 손뼉을 쳤다.

"과연, 이해했어요. 총채주의 목숨을 빼앗아 내란으로 당분간 꿈적도 하지 못하게 만들 생각이시군요."

당혜도 모든 걸 이해한 표정을 지었다.

"낙 사매도 그렇고, 독봉 소저도 그렇고 머리가 참으로 비상하오. 괜찮다면 누가 설명해 주겠소?"

장홍이 뒤통수를 긁적이며 물었다.

"권좌를 두고 일어날 쟁탈전을 이용하자는 뜻입니까?"

제갈승계가 확신을 얻으려는 듯 물었다.

주서천이 대답 대신 고개를 주억거렸다.

"끙! 것 참, 머리 나쁜 사람을 위해서라도 어디 알아듣기 쉽게 설명 좀 해 주시오."

초련이 답답하다는 듯이 가슴을 두들겼다.

"그들에게 의리 따위는 없습니다. 총채주가 죽는다 할지라도 복수심에 불타기는커녕 새로운 총채주에 누가 앉을지가 더 신경 쓰이겠죠."

제갈승계가 나서서 친절하게 설명했다.

"그래서?"

"총채주를 살해한 뒤 후퇴하지 않는다면, 적림도는 살기 위해서 어떻게든 전쟁을 이어갈 것입니다. 총채주를 뽑는 것은 나중의 일로 미루겠죠. 그러나 토벌대가 물러난다면 이야기가 달라집니다."

총채주가 된다면 녹림과 수림의 모든 도적들을 통솔하게 된다. 그 권위는 보통이 아니다.

"과연."

장홍이 무릎을 탁 치며 이해했다.

토벌대가 물러나면 적림십팔채는 재정비에 나서고, 그 와중에 불협화음이 튀어나올 게 분명했다.

총채주가 산적이냐 수적이냐에 따라 득실이 달라지기 때문이다.

그리고 적림십팔채 정도의 내란이라면 쉽게 끝나지는 않을 것이고, 그사이 금의상단을 집요하게 노리는 약탈도 중단될 거라는 계산이었다.

"어째서 대호채를 노리는 건지 궁금했는데, 단순히 녹룡채와 가까워서 그랬군요?"

낙소월이 추측하듯이 물었다.

"그래."

대호채는 그저 녹룡채와 가장 가까이 있었기에 이런 봉변을 당했던 것이다.

*　　　*　　　*

이튿날.

반야신공의 회수로 떠들썩했던 강호가 또다시 소란스럽다. 녹림구채 중 한 곳인 대호채의 몰락 때문이었다.

어제저녁, 대호채에 갇혀 있던 사람들을 치료하고 전부 하산시켰다.

그리고 금의검문의 무사가 관아에 도착해서 관리에게 대호채의 토벌에 대해 보고했다.

관리가 혹할 재물을 손에 쥐여 준 것이 도움이 됐다. 날이 밝자마자 관병이 움직였다.

대대적인 토벌이 필요하다면 함부로 움직일 수 없지만, 투항한 녹림도를 데려간다면 이야기가 다르다. 반대로 공을 세울 수 있는 기회라면서 좋아했다.

"대호채라, 어디서 들어 본 이름인데……"

"아니, 이 사람 무슨 산속에서 살다 왔나?"

"에잉, 산적이 거기서 거기지. 백성들 등골 빨아먹는 기생충이 아닌가."

"그 기생충인 대호채주인 산혈호는 천하백대고수이자 적림총채주의 의동생일세. 무엇보다 대호채라면 사람들을 납치해 범의 먹이로 쓴다는 놈들이지."

"허어!"

"화산파와 당문, 그리고 금의검문이 나서서 그들을 쓸어버렸으니, 두 발 뻗고 안심할 수 있겠구먼."

"괜히 구파일방과 오대세가가 아니란 말이지!"

무림인뿐만 아니라 백성들까지 관심을 보였다.

그동안 민초들을 괴롭혀 온 산적이 사라졌다니 기뻐하는 건 당연지사였다. 사람들은 토벌대를 칭송했다.

"토벌대에 누가 있는지 들었나?"

"아아, 알고말고. 매화정검 주서천, 독봉 당혜, 매협검 장홍, 옥매화 장서은, 질풍십객 초련이 아닌가?"

토벌대의 수준이 낮지는 않았으나, 아무래도 다섯 명의 유명세가 대단해 그 외는 묻히는 감이 있었다.

"주서천 대협께선 안 끼는 곳이 없군그래."

"그만큼 의협심이 남다르다는 거겠지. 대협이야, 대협!"

"대호채에 갇혀 있던 사람들을 전원 구출했을 뿐만 아니라, 뒷일을 생각해 재물까지 분배해 줬다며? 크!"

"그러니까 대협이고, 정파인이 아니겠는가!"

채 하루도 지나지 않았는데, 아침이 되자마자 소문이 부풀려져 삽시간에 퍼졌다.

발 없는 말이 천 리 간다고 하지 않았나. 점심쯤 될 무렵에는 다른 지방까지 전해졌다.

참고로 재물을 나눠 주었다는 걸 듣고 그걸 노리는 사람들도 생겼지만 관아의 개입 탓에 어림도 없었다.

원래라면 그 돈조차 나라의 돈이라며 관아에 빼앗겼을지도 모르지만 대호채에 재물이 남아 있다는 걸 듣고 내버려두었다. 안 그래도 소문이 워낙 빨리 퍼져 그걸 빼앗기도 애매해 굳이 그럴 연유가 없었다.

한편, 토벌대와 대호채의 소식이 세상을 떠들썩하게 만들 무렵 적림십팔채 역시 시끄러웠다.

녹룡채.

그곳은 일개 산적의 소굴치고는 컸다.

성문을 연상시키는 으리으리한 대문은 목조 건축물이었으나, 몹시 두꺼워 공성 병기가 아니라면 외부에서 여는 건 불가능해 보였다. 문으로 이어진 외벽은 산채를 길게 둘러싸 침입을 불허했고, 높이 역시 족히 삼 장이 넘어 철통 같은 요새를 구현했다.

팔방으로 설치된 망루는 일 리 바깥에서 접근해 오는 적들을 감시할 수 있고, 매의 눈을 가진 감시병이 자리 잡아 열두 시진을 교대하면서 근무했다.

"대호채가 함락됐다니, 뭔 정신 나간 소리냐?"

산채의 최심부, 햇빛이 잘 들어오지 않음에도 값비싼 야명주가 설치되어 낮처럼 밝은 방 안이었다. 발목까지 깊숙이 파일 정도로 푹신푹신한 비단이 깔개로 이용되고, 박제된 맹수의 머리가 벽에 걸려 있다.

그 외에도 무소불위의 권력자나 대상인이 아니라면 엄두도 못 낼 사치품이 방의 가치를 높였다.

하나 이중에서도 이목을 집중시키는 건 값비싼 물품도, 벗은 것이나 다름없는 옷차림의 미녀도 아니었다.

사내답게 각진 턱 선과 사자 갈기처럼 자라난 무수한 수염, 그리고 보는 이로 하여금 자연스레 위압감이 느껴지게 하는 험악한 인상.

눈썹은 굵직굵직하나 매서운 사선을 그려 안 그래도 험악한 인상을 더욱 악화시켰다.

"총채주! 주서천입니다. 매화정검 그 새끼가 금의검문뿐만 아니라 화산파와 당가까지 동원했습니다!"

적림총채주(賊林總寨主), 맹강(猛鋼).

녹림구채와 수림구채의 지배자였다.

"뭐라고?"

맹강이 그제야 정신을 번쩍 차리고 귀를 기울였다.

"그 두 곳이 움직였다면 모를 리 없을 텐데, 어떻게 된 거지? 자세히 말해 봐라."

"화산파와 당가가 토벌에 본격적으로 나선 것은 아닙니다."

"그러면?"

"주서천 그놈이 개인적인 연줄을 이용했습니다."

토벌대는 백 명도 채 되지 않는다. 워낙 소수다 보니 그 움직임이 고요하고 재빨라 포착이 어려웠다.

무엇보다 적림십팔채가 토벌대를 우습게 여긴 것이 문제였다. 다들 신경 쓰기는커녕 무시했다.

안 그래도 적림도가 외부에 나가 금의상단을 터느라 전력이 상당 부분 비어 있었는데 방심까지 했다. 이렇게 허술하니 함락당하지 않는 게 이상하다.

"아니, 아무리 그래도 그렇지. 대부분이 애송이들밖에 없는데 하루도 안 돼서 함락당해?"

맹강은 어이가 없는 듯 헛웃음을 흘렸다.

"과달륵, 그 새끼는 뭐하고 있었는데 그렇게 허무하게 당해? 호랑이랑 떡이라도 치고 있었냐?"

누가 산적 아니랄까 봐 입담이 참 걸쭉하다.

"주서천에게 당했답니다."

녹룡채 부채주가 대답했다.

"쯧쯧. 애송이라고 방심했다가 당한 게 안 봐도 훤하다."

"마을에서 들려오는 소문에 의하면 일격에 죽었다고 합니다만……."

"무공도 모르는 놈들이 본 건데 뭘 알겠냐. 어쩌면 겁먹게 만들려고 과장해서 소문냈을지도 모르고."

맹강은 술잔을 나눈 의동생의 죽음에도 눈물 하나 흘리지 않았다. 반대로 어리석다며 욕을 퍼부었다.

녹림도에게 의리가 있을지 몰라도, 적어도 맹강에게는 존재하지 않았다. 도적들에게 의리라니, 입에 담기도 민망하다. 수하만 앞에 없었다면 실컷 비웃었다.

"아쉽군. 그놈이 바치는 것들이 제법 마음에 들었었는데 말이야."

맹강이 아쉬운 듯이 입맛을 다셨다.

"대호채로 애들을 내려보냅니까?"

부채주가 눈치를 보면서 조심스레 물었다. 대호채의 재물을 심히 아까워하는 표정이었다.

"관군도 움직이고 있을 테고, 지금 움직여 봤자 늦으니 관둬라. 그보다, 그 잘난 토벌대는 어디에 있지?"

"오늘 아침 대호채에서 떠났다고 합니다. 그런데 그 방향이…… 이곳, 녹룡채라고 합니다."

"허?"

맹강이 황당한 표정을 지었다. 부채주도 마찬가지였다.

녹룡채를 그저 그런 산채 중 하나라고 생각하면 큰 오산이다. 경비(警備)에 들어간 돈부터 다른 산채들과는 비교를 불허했다.

게다가 산채의 위치 역시 험준한 산세를 골라 농성으로는 최적이었다. 관군이나 무림 세력이 토벌을 주저하는 연유 중에서 하나가 바로 이 철옹성에 있었다.

무엇보다 총채주의 근거지답게 고수도 많았다. 당장 총채주만 해도 무림에서 손에 꼽히는 고수였으니까.

그런데 고작 백여 명도 되지 않은 인원이 이곳 녹룡채를 향해 오고 있다니 황당할 수밖에 없었다.

"어떻게 할까요?"

"끙!"

맹강이 수염을 벅벅 긁으면서 생각에 잠겼다.

'도대체 뭔 속셈이지?'

미치지 않은 이상 저 인원으로 덤벼 올 리도 없다.

녹룡채도 금의상단을 터느라 전력을 내보내긴 했지만, 그래도 백여 명의 전력에 당할 정도는 아니었다.

아직은 채 하루도 되지 않았으니 어떻게 하겠다는 판단을 내리기에는 일렀다.

'만약 요것들이 미끼고, 양동 작전을 펼친 거라면 성가셔진다. 섣불리 움직이지 말고 기다려 봐야겠군.'

대호채에서 출발한 토벌대는 녹룡채로 남하했다. 중간에 적당한 휴식을 취해 소모됐던 체력이나 내공 전부 충분히 회복할 수 있었지만, 속도가 느려졌다.

급속 행군으로 갔다면 하루에서 이틀 정도 걸릴 거리였으나, 속도를 내지 못해 나흘이나 걸렸다.

참고로 녹룡채 앞까지 가지는 않았고, 반 시진에서 한 시진 정도 거리 되는 곳에서 멈춰 진지를 세웠다.

"도대체 뭔 생각을 하는 건지 모르겠군."

망루 위에서 진지를 살펴보던 맹강이 중얼거렸다.

토벌대가 근처에 도착한 지도 어언 이틀이 흘렀거늘, 쳐들어오기는커녕 조금도 움직이지 않았다.

도대체 어떤 생각을 하고 있는지 모르니 맹강도 섣부르게 움직일 수 없었다.

토벌대 자체는 위협이 되지는 않으나 혹시 함정이 아닐까, 하는 의심이 있었다.

"총채주!"

부채주가 망루의 아래에서 위를 향해 소리쳤다.

"무슨 일이냐!"

맹강이 기다렸다는 듯이 몸을 날렸다. 서너 장 정도의 높이였으나 전혀 상관하지 않는 몸놀림이었다.

쿠웅!

사람이 착지하는 것이 아니라, 집채만 한 바위가 떨어진 듯한 착각이 들었다.

"척후병에게서 온 보고입니다. 남쪽으로 한나절 거리에서 이백이 넘는 무리를 발견했다고 합니다."

"그럼 그렇지!"

맹강의 눈빛에서 생기가 감돌았다. 그동안 답답했던 것이 풀려 속이 다 시원했다.

"소속은 확인했나?"

"기세나 발걸음을 보아하니 무인인 건 확실한데, 어디서 왔는지는 파악하기가 힘듭니다."

"쯧. 그건 어쩔 수 없군."

어디인지는 모르지만, 녹룡채를 노리고 있는 이상 최소 일류의 무인들을 불렀을 게 분명했다.

녹룡채가 아무리 도적들치곤 강하다고 하지만, 그래도 한계가 있다. 만약 정파에서 작정하고 정예들을 골라 보내 왔다면 접근조차 힘든 게 현실이다.

'대충 무슨 속셈인지 알겠군.'

이백여 명 정도면 그렇게 많은 숫자는 아니다. 적림십팔
채를 전부 상대하기에는 터무니없이 부족했다.

머리가 열기를 내뿜으며 활발하게 돌아갔다.

'나를 죽여 적림채의 내란과 자멸을 노리는구나!'

맹강이 눈을 번쩍 떴다.

"앞에 있는 진지는 미끼다!"

상식적으로 생각해서 백여 명도 되지 않은 인원이 대문
으로 당당하게 돌격해 올 리 없었다.

"시선을 돌리고 뒤에서부터 접근해 오는 정예로 어떻게
해 볼 생각이었겠지만, 헛고생이다. 내 이럴 줄 알고 주변
의 접근을 알 수 있도록 곳곳에 척후병을 숨겨 두었지!"

맹강이 음험하게 비웃으며 몸을 돌린 다음, 바깥에 들리
지 않도록 목소리를 줄이고 명령을 내렸다.

"후문으로 전부 이동하되, 바깥에서 보이지 않도록 머리
를 숨겨라. 눈치채고 도망이라도 치면 곤란하니까. 실수하
는 놈들이 있다면 내 친히 목을 베어 주지."

"정문 쪽은 어떻게 합니까?"

"이십여 명 정도만 남겨 둬라. 어차피 충차라도 가져오
지 않는 이상 정문은 못 뚫으니까."

"예, 알겠습니다!"

부채주가 존경을 담아 대답했다.

'역시 총채주시다. 그동안 있었던 채주들과는 비교조차 되지 않는다. 무공만 무식하게 강한 것이 아니라, 전략에도 능하시고 현명하지 않은가!'

무림맹과 사도천이 적림십팔채와 싸우는 걸 껄끄러워하는 것도 총채주인 맹강에게 있었다.

싸우는 것이라곤 그저 치고받는 것밖에 모르던 산적이나 수적들의 수준이 높아진 것도 총채주 덕이다.

맹강이 오기 전의 적림은 오늘만 보고 살았지만, 그가 온 뒤로는 내일도 볼 수 있는 여유를 가졌다.

하나, 그 여유도 한나절 뒤에는 찾아볼 수 없었다.

정예라고 생각했던 무리가 후문에 도착했을 때, 맹강은 기다렸다는 듯이 나타나 크게 웃었다.

"으하하! 네놈들의 생각을 모를 줄 알았느……."

콰앙—!

천지가 뒤흔들 정도로의 굉음이 터졌다.

무슨 일인가 하고 뒤를 돌아보았을 때, 정문 쪽에서부터 올라오는 시커먼 연기가 보였다.

"후하하! 기관의 천재, 제갈승계 님 나가신다!"

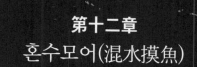

第十二章
혼수모어(混水摸魚)

공성에는 여러 가지 방법이 있다. 그중에서 혈(穴)이라는 것이 있는데, 성벽 바로 밑에까지 굴을 파서 화기를 설치해 불을 붙여 성벽을 무너뜨린다.

정문을 도저히 돌파할 수 없다면, 그 옆의 벽을 무너뜨려 생긴 공간으로 침입하면 된다.

그러나 이 혈법이란 건 공성법. 즉, 공성과 수성에 익숙해 있는 관군에서나 쓰이지, 무림에선 안 쓰였다.

애초에 공성이나 수성이란 개념조차도 희미하다.

구파일방이나 오대세가 어디에도 문파나 집안이 성처럼 되어 있지 않거니와 무엇보다 그런 짓을 했다간 관부에서 반역을 의심하고 사람을 보내기 십상이다.

그러나 무림에서 사장되다시피 한 지식을 알고 있는 사람들이 있는데, 바로 주서천과 제갈승계다.

전생에서 할 일이 없어 말년에 독서를 즐겨 했던 주서천은 무공 외에도 이러한 잡지식도 가지고 있었다.

제갈승계야 공성 병기나 수성 병기 등 기관과 관련된 것은 어렸을 적에 완독한 지 오래였다.

무엇보다 제갈세가가 아닌가. 워낙 머리 굴리는 걸 좋아하는 일족인지라 알고 있는 사람이 제법 있었다.

다만 무공이나 진법 등의 학문을 공부하는 것도 시간이 부족해 공성법을 깊게 공부한 사람은 적었다.

"허, 참."

초련이 무너지는 외곽을 보면서 감탄을 금치 못했다.

"완전히 무인과는 멀어지는 것 같습니다."

금의검문 무사가 쓰게 웃으며 감상을 내놓았다.

각자의 사정이 있어 돈이 필요해 상단에 몸을 의탁하게 된 이후, 있던 자존심은 거의 사라졌다.

하지만 그럼에도 무공이 아니라 화기를 기초로 한 기관으로 싸우려니 마음에 걸렸다.

"이러다가 관에서 잡으러 오는 거 아닙니까?"

누군가 걱정이 된다는 듯이 물었.

본래 무림에서 화기를 이용한 무기는 금지인 것이 관습이지만, 무엇보다 관의 개입이 걱정이었다.

"괜찮습니다. 그럴 줄 알고 상단주께서 관군에 뇌물……커흐흠, 사정하여 허가를 구했습니다."

"사정이라 하면……?"

"화기는 군용 외에도 광산의 채굴 용도로도 사용됩니다."

제갈승계가 하얀 이를 드러내며 웃었다. 방금 전까지 땅굴에 있다 나와서 그런지 얼굴이 흙투성이였다.

하지만 본인의 활약이 기쁜지 싱글벙글 웃고 있었다.

'꼬맹이도 꼬맹이지만, 주 대장도 대단하구나.'

며칠 전, 녹룡채를 친다고 들었을 때 솔직히 주서천의 머리에 이상이 생긴 건 아닌지 의심부터 했다.

사전에 작전을 들었음에도 녹룡채 인근에 도착하여 진지를 세웠을 때만 해도 불안을 지우지 못했다.

성문을 연상시키는 산채의 입구와 외벽을 보았을 때, 저것을 뚫는 것이 과연 가능할까 의심했다.

진지를 세운 뒤, 그 안에서 주서천과 땅굴을 파고 있을 때는 정말 뭐하나 싶었다. 그러나 두 눈으로 외곽이 화려하게 무너지는 걸 보니 생각이 달라졌다.

상식에서 벗어난 무력도 무력이지만, 통찰력을 비롯한 지휘와 지혜 또한 보통이 아니었다.

'어릴 적부터 범상치는 않다고 생각했지만, 설마 이 정도 일 줄이야. 어떻게 해야 저렇게 되는 거지?'

한 번 죽었다가 과거로 돌아오면 된다.

*   *   *

맹강의 눈이 정문의 외벽 쪽에서 떨어질 생각을 안 했다.

"뭐, 뭐라고?"

첫 번째는 당혹감이었고, 두 번째는 분노였다.

"무림인이 혈공을 왜 써!"

맹강은 외벽이 무너진 걸 보고 그 수법을 한눈에 알아봤다.

"혀, 혈공이요?"

녹룡채의 부채주가 당황하며 물었지만 무시했다.

무림인의 근간은 정도건 사도건, 마도건 간에 스스로의 힘을 갈고 닦는 무공에 있다.

그러나 혈공법은 그 기본적인 개념에서 벗어난다.

구상했다는 것도 놀라운데 실행으로 옮긴 게 어이가 없었다.

'어디로 가야 하지?'

맹강의 눈동자가 바쁘게 움직였다.

정문도 문제지만 바로 앞의 이백여 명도 문제다.

'어디가 진짜냐?'

이쪽이 미끼고, 저쪽이 진짜일 확률이 높았다.

그러나 그것 자체도 양동일 수도 있다. 만약 전력을 저기로 이동했다가 뒤쪽이 뚫리면 큰일이었다.

정문과 달리 자그마한 후문 앞에 벽을 세워 막아 두긴 했지만, 어떤 방법으로 침입해 올지 모른다.

"적림도는 들어라!"

일촉즉발의 순간, 아래쪽에서 중후한 목소리가 들렸다.

이백여 명의 무인들 중에서 장년의 남자가 앞으로 나오며 말을 이었다.

"그동안 힘없는 백성들을 약탈한 죄, 그 벌을 받을 때가 왔다. 그동안 저지른 죄목만 해도……."

그 뒷말은 맹강에게 들려오지 않았다.

"큭!"

맹강이 부채주를 보고 눈을 부릅떴다.

"반을 데리고 나가 정문의 침입을 막아라!"

"예!"

아쉬워도 판단을 내리지 않으면 상황이 악화된다.

'제기랄!'

후위의 압박이 보통이 아니었는지라 일단은 전력부터 반

으로 나눴다.

"좋아."

적림도가 반으로 갈라지는 걸 보고 주서천이 웃었다. 전황이 생각한 대로 움직여 주고 있었다.

외벽을 넘어선 토벌대가 중앙으로 고속 진격했다.

대부분의 전력이 뒤에 있던 만큼 막을 것이 없었다.

화산파와 당가가 적절하게 협력하면서 나아간다.

선두에는 장홍과 장서은 그리고 낙소월, 당혜가 있었다.

"쏴라!"

망루 위의 적림도가 소리쳤다.

"어딜!"

주서천이 망루의 사다리를 타고 높이 도약했다. 망루에 도착하는 데 얼마 걸리지도 않았다.

"으아아아……."

적림도가 비명을 내지르며 망루 아래로 떨어졌다.

주서천은 적림도가 쥐고 있던 활과 화살을 습득하고, 망루에서 다시 도약해 외벽에 올랐다.

"하나!"

시위에 화살을 거는 동시에 놓는다.

파앗!

"끅!"

백발백중의 화살이 아래를 조준하던 궁병의 관자놀이를 꿰뚫었다.

주서천은 다음의 화살을 시위에 걸면서도 머릿속에 떠오르는 의문에 고개를 갸웃거렸다.

'적림총채주는 관군 출신인가?'

무림인은 활을 아무렇지 않게 여기는 경향이 있다.

하나 이곳엔 이상하게도 궁병의 빈도가 높았다. 망루나 외벽에 상당 부분 배치해 뒀다.

성을 연상시키는 산채에서부터 느꼈지만, 곳곳에서 관군의 느낌이 묻어났다.

그것도 지휘관 수준의 직위가 아니었을까 싶다.

관군 출신의 산적이 드문 건 아니다. 탈주병 대부분은 도망 다니거나 혹은 산채에 몸을 담곤 했다.

그러나 이렇게 전술을 응용할 정도의 수준은 정말로 드물었다.

쿠─웅!

궁병을 하나 처리한 순간이었다. 굉음과 동시에 아래쪽에서 지진이라도 일어난 듯 진동이 느껴졌다.

무슨 일인가 하고 시선을 돌리니 전에 정주에서 본 비소돈과 견줄 정도의 덩치가 보였다.

"묵철구(墨鐵球), 장두!"

산채 중 최강인 녹룡채인 만큼 수뇌 대다수가 무공이 강했다.

부채주 다음가는 강자가 바로 장두였는데, 사람 몸만 한 철구를 자유자재로 다루는 괴물이었다.

"으악!"

화산파의 제자가 도중에 전부 피하지 못하고 철공에 맞았다. 스쳐 지나갔는데도 다리뼈가 으스러졌다.

"사제!"

"감히 산적 나부랭이가!"

여기저기서 분노의 외침이 터졌지만, 그래도 아직 이성이 먼저인지 거리를 벌리고 경계했다.

"화산파라 한들 이 묵철구에는 그 누구도 당해 내지 못할 것이다!"

웅웅웅!

왼손으로 쇠사슬의 하단을 붙잡고, 오른손으로 상단을 붙잡고 빙글빙글 돌렸다.

사람만 한 철공이 제자리에서 회전하자 위압감이 상당하다. 회전할 때마다 무거운 파공음을 토해 냈다.

철도 그냥 철이 아니다. 전설에 나오는 만년한철은 아니지만, 일반 강철보다 단단한 묵철이었다. 그만큼 무게도 나가는데 자유자재로 다루는 게 신기했다.

공을 던져도 물 흐르듯이 회수가 이어지고 재빠르다. 워낙 위협적이다 보니 다가가기도 쉽지 않았다.

"제가 맡을게요."

낙소월이 주저하지 않고 한 걸음 나섰다.

"흐!"

장두가 낙소월을 보고 기분 나쁘게 웃었다. 눈에는 음욕이 가득했다.

"허! 고년 참 예쁘구나!"

"장두 형님! 그년 안 다치게 해야 합니다!"

뒤에서 적림도가 속속히 도착했다. 죄다 낙소월의 미색을 보고 눈이 휘둥그레졌다.

"난 저쪽이 마음에 드는데?"

"쩝. 어차피 총채주나 부채주께 갈 거 아니냐. 난 언제 저런 미녀들을 맛보냐⋯⋯."

여기저기서 참고 듣기 힘든 희롱이 난무했으나 정작 대상이 된 낙소월은 미동도 하지 않았다.

그 시선은 오로지 장두, 정확히는 그가 손에 쥔 묵철구에 꽂혀 떨어질 생각을 하지 않았다.

그러나 집중할 대상이 없는 당혜는 달랐다.

펄럭!

소맷자락이 부풀어 오르더니만, 바람이 부는 것처럼 흔들리면서 독침을 쏘아 냈다.

중수나 고수가 아닌 이상, 해독하는 것조차 쉽지 않은 독침이 위로 비상했다 아래로 쏟아졌다.

"악!"

"당가의 암기다! 피해!"

음담패설이나 늘어놓던 적림도의 낯빛이 바뀌었다.

전부 혼비백산하여 몸을 날려 재빨리 피했지만, 늦었다. 반 정도는 아니지만 삼 할이 독침에 맞았다.

"어휴, 하여간 사내란 것들은!"

초련이 한심하다는 듯이 혀를 차며 질풍보를 밟았다. 그 경지가 낮지 않아 몸놀림이 바람과 같았다.

제갈승계는 금의검문 무사들에게 맡기고 정면으로 나선 초련은 쾌검을 자랑하며 산적들을 베었다.

"크아악!"

"죽어라!"

"아가씨에게 망발을 퍼부어?"

당가의 원한은 쉽게 풀리지 않는다 했던가. 독봉의 호위무사들이 분노를 금치 못하며 쫓아다녔다.

화산파도 반으로 찢어져 장두를 지나서 그 뒤편에 대기하고 있던 적림도에게 공세를 퍼부었다.

나머지는 낙소월이 걱정되어 혹시 모를 사태에 대비해 주변을 포위하듯이 둘러싸서 경계했다.

"흐랴압!"

장두가 고함을 지르면서 묵철구를 휘둘렀다.

부우웅!

회전하던 묵철구가 포물선을 그으면서 아래로 떨어진다. 던지는 것만으로도 풍압이 무겁게 느껴졌다.

무엇보다 섬뜩한 건 그 속도였다. 묵철으로 된 철구라면 보통 무거운 게 아닐 텐데, 상당히 빨랐다.

머리 위를 묵철구의 그림자가 집어삼켰다.

콰앙!

시커먼 철공이 바닥에 떨어졌다. 무게나 크기가 보통이 아닌 만큼 파괴력 또한 어마어마했다.

지진이 일어난 것처럼 땅이 크게 흔들렸고, 철구가 처박힌 곳이 움푹 파이면서 구덩이가 생겼다.

묵철구가 머리 위로 떨어지기 전, 신행백변으로 몸을 옆으로 이동한 낙소월이 질린 표정을 지었다.

'저 정도의 위력이라면, 스치기만 해도 몸이 남아나질 않을 거야.'

검을 쥔 손에 힘이 절로 들어갔다.

낙소월은 주변을 시야에 담으면서 발걸음을 옮겼다. 강

호에서 무명이지만, 그 무위는 진짜였다.

흠잡을 곳 하나 없는 발걸음은 완벽 그 자체라서 보는 이가 감탄을 자아낼 정도다.

선녀나 다름없는 미색을 뽐내면서도, 무인으로서 완벽한 몸놀림으로 사람들의 눈을 사로잡았다.

장두의 측면에서부터 파고든 낙소월이 검을 수평으로 베려다가, 흠칫 놀라면서 황급히 물러났다.

부웅!

바닥에 처박혔기에 다시 빼내려면 시간이 걸릴 거라 예상했던 묵철구가 대기에 구멍을 내면서 주변을 휩쓸었다.

조금만 늦었어도 저 묵철구에 맞아 비명횡사했을지도 모른다.

'빨라.'

공격도 공격이지만, 회수하여 반격에 나서는 속도도 상당하다. 묵철구를 제 손처럼 다루고 있었다.

"나의 묵철구는 천하무적이다!"

장두가 목청껏 웃으면서 자신감 있게 외쳤다.

"……."

장두와 거리를 둔 낙소월이 검을 고쳐 잡았다.

'섣부르게 공격하려 들었다간 당해 버려.'

도적들의 수준은 대다수 높지는 않다. 그렇지만 장두처

럼 고수도 종종 있었다.

타고난 괴력도 괴력이지만, 내공이나 무위의 경지도 낮지 않았다.

붕붕붕.

장두의 팔이 제자리에서 회전한다. 그에 따라 묵철구도 원을 그려 내면서 매섭게 움직였다.

몸집이 워낙 크다 보니 사람이 아니라 대성성(大猩猩: 고릴라)이 철공을 휘두르려는 것처럼 보였다.

"크하압!"

부앙!

장두의 머리 위에서 회전하던 철공이 떠났다. 그 목적지는 낙소월의 정면이었다.

워낙 크고 빨라 위압감이 보통이 아니었는지라, 웬만한 사람들이라면 몸이 굳어 피하지 못한다.

팟!

그러나 낙소월은 주저하지 않고 보법을 밟아 좌측으로 이동해 회피한 뒤, 곧장 앞으로 나아갔다.

"어딜!"

장두의 입꼬리가 슬며시 올라갔다. 쇠사슬을 쥔 팔뚝에 힘이 들어가면서 울퉁불퉁하게 부풀어 오른다.

촤르르륵!

쇠사슬이 파도처럼 크게 출렁였다. 그 힘의 전달이 철공까지 옮겨지더니, 방향을 억지로 틀었다.

정직하게 직선을 그리던 철구는 우측으로 꺾어 습격해 왔다.

"위험해!"

"으악!"

지켜보던 사형제들이 비명을 질렀다.

'아차!'

공격한 장두도 아차 싶었다. 무심코 전력을 내 버렸다. 이렇게 되면 저 고운 얼굴이 전부 뭉개져 버린다.

아쉬운 것도 아쉽지만, 미녀라면 사족을 못 쓰는 총채주가 화를 낼 것이 떠올랐다.

이제 와서 방향을 바꾸거나 회수하기도 늦었다.

"웃!"

낙소월이 뒤도 돌아보지 않고 허리를 꺾듯이 뒤로 젖혔다. 허리 외에도 다리도 눕듯이 젖혔다.

후웅!

철공이 지나간 자리에 바람이 위에서부터 쏟아져 나와 낙소월의 머리칼을 쓰다듬고 지나갔다.

"휴우!"

지켜보던 사람들이 안도의 한숨을 내쉬었다. 철공에 맞

아 형체도 알아볼 수 없게 되는 것은 면했다.

'이걸 피해?'

장두가 믿기지 않는 듯 눈을 껌뻑였다.

그사이에 낙소월이 튕기듯이 몸을 일으켰다. 제자리에서 일어난 것뿐만 아니라 앞으로 쏘아졌다.

"흡!"

장두가 놀란 나머지 숨을 크게 들이쉬었다. 그래도 하수는 아니라고 반격에 나갈 준비를 한다.

낙소월의 검극이 눈 부신 빛을 내뿜으며 쏘아졌다. 한 치의 흔들림 하나 없는 곧고 깨끗한 검이었다.

'위험하다!'

장두가 위험을 느끼고 내공을 끌어 올렸다. 무리해 힘을 내서 그런지 단전이 저릿저릿하고 아파 왔다.

촤르륵!

인력(引力)이 발생하면서 철공을 불러냈다. 전력을 다해 던진 철공도 곧장 귀환시킬 수 있는 비결이다.

"하앗!"

낙소월이 귀신같이 반응했다. 처음으로 그녀의 입에서 기합이 터져 나왔다.

매서운 찌르기에 속력을 더한 것이 아니었다. 도리어 검으로 향하던 내공의 흐름을 끊었다.

그러나 급작스럽지는 않았다. 이때만을 기다렸다는 듯, 예상과 판단에 맞춘 준비된 행동이었다.

애초에 앞이 아닌 몸의 중심에 체중을 실어서 그랬는지 전환이 빨랐다. 이번에는 우측으로 틀었다.

멧돼지처럼 앞을 향해 나아가던 낙소월은 또다시 유려한 몸놀림으로 곡선을 그리며 반 회전했다.

"쌰, 썅!"

장두가 욕설을 내뱉었다. 기껏 무리해서 철공의 방향을 틀었는데 낙소월이 방향을 꺾어 버렸다.

아무리 철공을 제 손처럼 자유자재로 다루는 장두라고 할지라도, 이번에 또다시 전환하기에는 늦었다.

무리를 하면 가능은 하지만, 그랬다간 내기가 역류하여 주화입마에 든다.

결국은 옆구리를 내줘야 했다.

그 현실에 절망하면서도 날아올 검격의 피해를 최소화하려고 몸에 잔뜩 힘을 주고 방어에 신경 썼다.

팟!

검신이 햇빛을 반사하면서 빛났다. 얼마 지나지 않아 장두의 옆구리를 베고 지나면서 피를 뿌렸다.

"크읏!"

장두의 얼굴이 일그러졌다. 그래도 이 자리에 오르기까

지 온갖 고통은 맛보았기에 이런 공격쯤은 참을 만했다.

그러나 문제는 옆구리가 파이면서 상체의 움직임이 순간 적으로 늦춰졌다는 점이다.

낙소월이 그사이에 왼발을 축으로 몸을 팽이처럼 회전하면서 재빠른 찌르기를 선보였다.

푸욱!

"크아아악!"

척추 부근으로 검극이 들어왔다. 그래도 근육이 워낙 많아 뼈를 건드리지는 않았다.

걱정인 것은 신경이었다. 그쪽이 잘못됐다면 자랑하는 철공을 들기는커녕 앞으로의 생활이 문제다.

"이 빌어먹을 년이—!"

장두의 눈이 시뻘겋게 충혈됐다. 분노로 인해 이성이 차츰 마비된다. 살의가 용암처럼 들끓었다.

"으아악!"

척추의 고통으로 인한 비명이 아니다. 분노가 가슴에서 치솟아 목구멍 바깥으로 튀어나왔다.

장두는 이제 봐주지 않겠다는 듯, 내공을 있는 대로 쥐어짜 내서 묵철구를 휘둘렀다.

부웅! 부웅! 부웅!

한 번 휘두르는 것으로 끝나지 않았다. 쇠사슬을 꽉 쥐고 온몸을 팽이 삼아 돌고, 또 돈다.

팽이처럼 도는 것이 아니라 정말로 팽이가 됐다.

"으악!"

"혀, 형님! 저희도 있습니다!"

근처에서 싸우던 무인들도 덩달아 놀랐다. 아군도 적군
도 하나같이 장두와 거리를 벌렸다.

철공과 한 몸이 되어 연달아 회전하는지라 피아 구별이
불가능했다. 주변을 부수겠다는 의지가 보였다.

"다가갈 수가 없어……!"

낙소월이 낭패 어린 눈으로 어찌하지 못하고 발을 동동
굴렀다.

저곳에 들어갔다간 뼈도 못 추린다. 설사 파고들어 공격
해도 멈출 수 있을지 의문이었다.

"우오오옷!"

장두가 돌고, 돌고, 또 돌았다. 시점이 맞지 않지만 상관
없었다. 어차피 앞이 안 보일 정도로 화가 났다.

균형을 잃을 법도 한데 잘만 버텼다.

부우웅!

묵철구가 일으킨 바람이 불었다. 풍압 자체만으로도 굉
장해서 섣부르게 다가갈 수 없었다.

"어어?"

비교적 가까운 적림도가 바람에 균형을 잃고, 뒤쪽으로 빨려 들어갔다.

퍼억!

그 몸뚱어리가 철공에 맞았다. 비명을 지를 틈도 없었다. 그 자리에서 이미 절명했다.

휘잉.

무엇보다 무서운 건 그 위력이었다. 맞는 순간 상체가 꺾이면서 통째로 뜯겨졌다.

거기서 끝나면 또 모를까, 철공에 맞고 바깥으로 튕겨져 날아가 멀리 있는 망루에 처박혔다.

콰르르!

망루를 지탱하던 기둥이 부서졌다.

그 대신 뿌옇고 매캐한 먼지구름이 피어오르면서 땅을 침식하듯 넓게 퍼졌다.

"히, 힉!"

"허어!"

여기저기서 기겁하는 목소리가 들렸다.

다들 하나같이 안색이 그다지 좋지 못하다. 토벌대도 적림도도 거리를 최대한 벌렸다.

낙소월도 방향을 꺾어 아예 벗어나려 했지만, 장두와 가까운 거리에 있던 것이 화근이었다.

장두는 복수를 하려는 듯이 낙소월이 있는 방향으로 집요하게 쫓아오며 묵철구를 마구 휘둘렀다.

마치 회오리바람이 지나가듯 장두의 묵철구가 지나간 곳은 전부 초토화됐다.

무성하게 자라난 잡초가 있던 곳도 민둥산이 됐고, 몇십 년 묵은 거목도 뿌리째 뜯겨져 나갔다.

"사매!"

장서은이 다가가지도 못하고 발을 동동 굴렀다. 얼굴에는 걱정이 가득했지만 구할 방법이 없다.

"위!"

당혜가 명령을 내리며 암기를 던졌다. 그 뒤로 당가의 무사들이 알아듣고 장두의 머리 위로 던졌다.

파바밧!

사천당가의 절초인 만천화우(滿天花雨)는 아니었으나, 그에 견줄 정도로의 암기의 비가 내렸다.

팅! 티팅!

하나 그 위력은 그다지 좋지 못했다. 하나라도 맞춘다면 중독되어 도움이 되겠지만 전부 튕겨졌다.

머리 위는 비었으나 뿜어져 나오는 풍압에 의하여 접근조차 못 했다.

이대로 놔둔다면 장두가 제풀에 지쳐 쓰러지기 전에 먼

저 당할 것이다.

'안 돼!'

낙소월이 이러지도 저러지도 못하고 눈을 질끈 감았다.

천재라 할지라도 낙소월은 강호 초출이나 다름없었다. 실전 경험이 부족하다 보니 이런 돌발 상황에서 어떻게 대처해야 할지 모르는 것이다.

"낙 사매!"

"……!"

절체절명의 순간, 위에서부터 목소리가 들렸다. 누구인지 파악할 필요는 없었다. 익숙한 목소리다.

머리를 드니 외벽 위를 바람처럼 달리는 주서천이 보였다.

"사형!"

위기의 순간임에도 낙소월의 낯빛이 환해졌다.

"막아랏!"

"어딜!"

주서천이 향하는 길목에 적림도 둘이 막아섰다. 하나는 시위에 화살을 걸고, 하나는 칼을 들었다.

피융!

화살이 시위를 떠나 쏘아졌다. 활 솜씨가 제법 보통이 아닌 듯 달리는 걸 계산해 관자놀이를 노렸다.

주서천은 여전히 낙소월에게 시선을 고정한 채, 앞을 보지도 않고 검을 아래에서 위로 그었다.

서걱!

화살이 두 조각으로 나뉘어졌다. 주서천이 적림도와의 거리를 순식간에 좁혔다.

"으랍!"

적림도가 주저하지 않고 도를 사선으로 휘둘렀다.

주서천의 시선은 여전히 바뀌지 않았다. 동공조차 움직이지 않았다.

마치 옆에 눈이 달린 듯, 사선으로 휘둘러지는 칼을 물 흐르듯이 피한 뒤 검을 대충 휘둘렀다.

"크악!"

가슴에서 피를 흩뿌리는 적림도를 지나치고, 화살을 새로 걸려던 적림도에게 검을 휘두른다.

"꺽!"

적림도가 목을 붙잡고 끅끅거리며 비틀거렸다. 그 몸은 외벽을 넘어 힘없이 아래로 떨어졌다.

주서천은 용천혈에 내공을 주입해 속도를 높였다. 사매가 위험한 만큼 내공의 순환도 가속한다.

"흡!"

주서천이 숨을 참으면서 땅을 박찼다. 그 몸이 외벽을 떠나 아래로 곤두박질쳤다.

아래에서 낙소월의 자그마한 비명이 들렸지만, 전혀 개의치 않고 손에 쥔 검에 힘을 줬다.

회오리바람이 아래에서 위로 치솟는다. 주서천의 몸을 밀어내려 했으나, 그 육체는 꿈쩍하지 않았다.

위에서 아래로 내려지는 힘을 포함해 단전에서부터 끌어낸 내공의 힘이 합하여 풍압을 없애 버렸다.

"하아앗!"

주서천이 소리를 내질렀다. 이십사수매화검법은 펼쳐지지 않았지만, 그 강기의 검이 빛났다.

부우웅―!

회전하는 묵철구가 위에서의 침입을 용납하지 못했다. 그 몸을 박살 내겠다는 듯 덮쳐 왔다.

철공이 다가온다. 주서천이 제비를 돌았다.

철공이 다가왔다. 주서천이 검을 휘둘렀다.

철공이 부딪쳤다. 검신을 두른 강기가 베었다.

"으헉?"

한참을 돌던 장두가 놀란 목소리를 냈다. 그의 회전이 드디어 멈췄다.

강철보다 몇 배나 단단하다는 그 묵철조차 강기를 당해 내지 못했다. 철공이 정확히 반으로 갈라졌다.

파앗!

그러나 철공에 향해지던 힘은 아직 남아 있었다. 반으로 갈라졌으나, 방향을 꺾어 쭉 날아갔다.

주서천의 눈동자가 좌우로 바쁘게 움직였다.

하나는 아무도 없는 외벽으로 날아가 문제없지만, 나머지 하나가 사람들이 있는 곳으로 향했다.

적림도만 있었다면 모를까, 토벌대가 뒤섞여 있다. 눈치를 채는 것보다 날아가는 속도가 훨씬 빨랐다.

'어딜!'

매화가 그려진 소맷자락이 크게 부풀어 올랐다. 그 안에 숨겨 두었던 비수가 번개같이 뿜어졌다.

하나가 아니라 무려 네 개였고, 각각 유은비도를 운용해 기를 주입해 뒀다.

채앵!

날아간 비수가 철공의 잔해와 부딪쳤다. 묵철이다 보니 흠집밖에 남기지 못하고 불꽃을 토해 냈다.

그러나 의도는 성공했다. 방향이 틀어지면서 옆으로 갸우뚱했다.

챙! 채챙!

나머지 세 개의 비수가 연달아 맞았다. 한곳이 아니라 한쪽 방향으로 꺾을 수 있도록 여러 곳을 쳤다.

"으아악!"

무인들이 뒤늦게 깨닫고 비명을 질렀다.

쿠웅!

철공의 잔해는 아무도 없는 외벽에 처박혔고, 천만다행
으로 토벌대와 적림도는 몸이 빈대떡처럼 뭉개지는 걸 면
할 수 있었다.

"……."

반으로 잘린 철공의 그림자에 놀랐던 무인들이 감았던
눈을 천천히 떴다.

시간이 지나자 차츰 공포가 사라지고, 안도와 더불어 놀
라움이 동시에 찾아왔다.

"살았다!"

적림도가 기쁜 나머지 싸우던 것도 잊고 환호했다.

"미친놈아, 장두 형님이 당했다고!"

"헉!"

그제야 뒤늦게 정신을 차리는 적림도였다.

"도대체 어떻게 된 영문이지?"

영역 밖의 무인들이 어안이 벙벙한 표정을 지었다.

분명 반으로 갈라진 철공이 코앞까지 날아왔다. 토벌대
의 무인들은 그걸 보고 비명까지 질렀다.

그런데 누군가 끌어오듯 공중에서 갑자기 각도가 꺾였다.

"당신, 그런 건 또 언제……."

대다수가 눈치채지 못했지만, 당혜는 달랐다. 오룡삼봉 정도 되니 전부는 아니지만 일부분은 목격했다.

강기야 원래부터 알았다고 치니 그러려니 했지만, 최후에 비수를 쏘는 걸 보자 눈이 커졌다.

화산파의 고수가 암기를 그것도 능숙하게 다루는 걸 보니 놀랍기도 하고 자존심도 상했다.

만약 이 자리에 그녀의 아버지이자 당가의 가주인 당유기가 있었다면, 데려오라 말할 것이 분명했다.

그렇지 않아도 천독지체인 주서천을 사윗감 후보로 눈여겨보고 있으니까.

"사매, 괜찮아?"

주서천이 낙소월에게 다가가 물었다.

"저야 사형 덕분에 괜찮죠. 도와주셔서 고마워요."

낙소월이 머리카락을 귀 뒤로 넘기며 생긋 웃었다.

'여전히 심장에 안 좋군.'

주서천의 정신이 순간 아득해졌다.

산적들과 검을 부딪치는 것보다 낙소월의 만면에 가득한 미소를 정면으로 마주 보는 게 더 힘들었다.

좀 더 치유 받는 것도 나쁘지는 않지만, 상황이 상황인지라 거세게 뛰는 맥박을 진정시켰다.

"다친 곳은 없고?"

"네."

"좋아."

주서천이 안도하며 등을 돌렸다. 그 시선 끝에는 어정쩡한 자세로 멈춰 있는 무인들이 보였다.

"이대로 돌파한다!"

오랫동안 회전했던 장두는 그 여파로 아직까지 정신을 차리지 못하고 바닥에 누워 있었다.

아무래도 감각이 망가진 듯, 일어나려 해도 돌에 맞은 개구리처럼 몸을 파르르 떨어 대기만 했다.

"와아아아!"

토벌대의 함성이 산이 떠나가라 울렸다. 한껏 사기가 올라간 사람들의 목소리는 마치 천둥이 치는 소리처럼 엄청났다.

"으으……."

천지를 뒤흔드는 함성에 적림도가 압도당했다. 그에 따라 사기도 아래로 떨어졌다. 전쟁에서 고수의 존재는 그 자체만으로도 사기를 올렸다가 내린다. 장두가 당하자 그 영향이 바로 왔다.

"끄응!"

부채주가 사기가 떨어진 수하들을 보고 신음을 흘렸다. 그의 얼굴에는 곤란함이 묻어났다.

'장두가 머리는 나빠도 산채에서 다섯 손가락 안에 드는데…… 나와 그다지 차이도 안 나고…….'

바닥에 누워서 이러지도 저러지도 못하는 장두를 보니 입이 바싹바싹 말랐다.

'도대체 고수가 얼마나 있는 거야? 저 여자도 무명이기에 별것 아니라고 생각했거늘…….'

부채주가 낙소월을 쳐다봤다. 전장 한가운데서도 이목을 끄는 미색이었다.

그러나 미모만 대단한 것이 아니라, 무공도 보통이 아니었다. 처음 장두를 맡겠다고 하자 코웃음을 쳤다.

한데 그다음으로 보인 몸놀림이나 검술은 그를 얼어붙게 만들었다.

그 외에도 매협검이나 옥매화, 당문의 독봉을 보니 상황은 암담해지기만 했다.

"뭣들 하고 있어!"

적림도가 주춤이자 부채주가 윽박질렀다.

"대호채에서 한바탕하고 온 놈들이니 지쳐 있을 게 뻔하다! 숫자도 우리 쪽이 더 위란 말이다!"

지쳐 있지 않았다.

대호채는 무혈입성한 것이나 다름없었고, 체력이나 기력을 소모하긴 했지만 충분히 휴식했다.

주서천은 땅굴을 파는 동안 토벌대에게 대호채에서 가져온 금창약 등을 나눠 줬다.

적림십팔채 중에서 최강으로 군림하는 산채가 적이니 만반의 준비를 끝내고 왔다.

"우리가 누구냐! 구파일방과 오대세가도 어찌할 줄 모르는 녹룡채가 아니더냐! 총채주님을 떠올려라!"

녹룡채의 부채주가 적림도에게 사기를 불어넣었다.

"그래, 총채주님이 바로 뒤에 계신다!"

"매화정검? 그깟 애송이 따위 총채주님이 오신다면 별것 아니지!"

"남자들은 죽이고, 여자들은 범하자!"

"천하제일 산채, 녹룡채가 나가신다!"

나락의 끝자락까지 떨어졌던 사기가 치솟았다.

그들에게 있어 총채주에 대한 믿음은 절대적이었다.

맹강은 실제로 그 정도의 힘이 있었고, 그 악명도 자자했다. 그에게 당한 정파 고수가 여럿이다.

무림맹도 사도천도 맹강의 이름을 들으면 경계한다. 원초적인 폭력의 명성이 적림도에게 힘을 줬다.

와아아아—!

토벌대와 적림도의 함성 소리가 뒤섞여 울렸다. 한눈에 봐도 전력 차이가 상당했다.

녹룡채의 전력은 반으로 나눴음에도 백 명이었다. 그에 반면 토벌대는 고작 육십이었다.

원래는 칠십 명이 넘었으나 관아로 보낸 금의검문 무사와 대호채의 뇌옥을 감시하느라 몇 명을 남겼다.

그러나 전력 차가 그다지 심하게 나는 건 아니다. 수적으로는 밀려도 토벌대의 무위가 몇 수 위였다.

녹룡채라 할지라도 대다수가 삼류거나 이류다. 일류도 있었지만 소수에 불과했다.

반면 토벌대는 수준 높은 무인들로 구성됐다.

"매화검진(梅花劍陳)을 펼쳐라!"

장홍의 목소리가 전장에 울렸다. 그의 명령이 떨어지자마자 화산파의 검수들이 동시에 움직였다.

화산파의 기초 검진이기도 한 매화검진의 장점은 매화검법만 배웠다면 누구나 펼칠 수 있다는 점이다.

덧붙여 인원수나 경지에 상관없이 얼마든지 운용할 수 있으니, 안전성과 응용 면으로는 최고였다.

아쉬운 점이 있다면 혼자만 상승의 검법을 펼칠 경우 경지가 낮은 자가 따라가지 못해 검진의 균형이 흐트러지는 것이나, 매화검법만으로도 검진의 충분한 위력을 낼 수 있어서 크게 문제가 되지는 않았다.

검진의 운용과 통솔을 위해 장홍이 중앙에 위치했고, 전

위와 후위는 각각 낙소월과 장서은이 맡았다.

"아아악!"

"크악!"

괜히 구파일방의 화산파가 아니다. 매화검진의 운용을 시작한 화산의 검수들은 위협적이었다.

한 번 빠지면 생문(生門)을 찾기도 전에 검격에 휘말려 난도질당했고, 검진을 깨뜨리기도 힘들었다.

'매화검수로서 내정된 세 사람이라서 그런지 다들 검진의 운용에 정말로 능숙하구나.'

주서천은 따로 움직이는 것이 편해 홀로 싸웠다.

'적어도 화산을 걱정할 필요는 없겠다.'

매화검수가 되면 검진은 필수다. 한 사람이 아닌 몇 사람씩 짝지어 행동하니 더더욱 그랬다.

그래서 그런지 예검수인 장홍과 장서은, 그리고 내정된 것이나 마찬가지인 낙소월은 꽤 익숙해 보였다.

평소 수련을 적지 않게 했다는 걸 증명하듯 완벽한 검진의 운용을 보여 줬다.

"주서천의 목을 가져온 자에게 금을 내리겠다! 살리면 더 많은 돈과 여자를 주마!"

부채주가 소리 질렀다. 그 말에 욕망으로 번들거리는 눈동자가 주서천에게로 향했다.

피식.

옛 생각이 떠올라 자기도 모르게 웃음이 나왔다.

전란의 시대, 이름도 모를 전장에서 터무니없는 고수가 등장했을 때 저런 말을 듣기는 했다.

그런데 정작 자신이 그 말의 대상이 될지는 몰랐다.

"장두 형님을 상대하느라 힘을 소모했을 터!"

"저놈의 목은 내 것이다!"

주변의 살기가 한곳으로 집중됐다. 한 사람도 아닌 수십 명의 살기가 집중되니 양이 보통이 아니다.

웬만한 사람이라면 그 살기에 휘말려 몸이 돌처럼 굳었을지도 모르지만, 적어도 주서천은 아니었다.

"승계야!"

의동생의 이름을 부르며, 무릎을 굽혔다. 다리에 잔뜩 힘을 주자 허벅지 근육이 부풀어 올랐다.

"전부 이거나 처먹어라!"

토벌대의 후위, 금의검문 무사들이 찝찝한 표정으로 죽통에 달린 끈을 잡아당겼다.

제갈승계의 품 안에도 죽통이 들려 있었는데, 반가운 도구였다.

파바밧!

죽통이 열리면서 그 안에 들어 있던 화살이 뿜어졌다. 통

여러 개를 한꺼번에 열어 숫자가 상당했다.

"악!"

"크악!"

화살 비가 적림도 중심과 후방에 떨어졌다. 뒤에서 대기하거나 도망치던 적림도 십여 명이 쓰러졌다.

'승 공자의 발명품은 언제 봐도 기상천외하군.'

'아니, 그보다 정말로 제갈세가 사람 맞아?'

'사실 당가의 사생아 아닐까?'

금의검문 무사들이 죽통노를 보고 혀를 내둘렀다.

"제갈 공자와 대화를 나눠 보고 싶네요."

당혜도 당가의 사람답게 새로운 암기에 반응했다.

사실 화살을 몇 개나 담아서 그런지 죽통의 크기가 커 암기로 쓰기에는 애매했고 병기가 맞았다.

그래도 만드는 방식이나 그 원리는 흥미를 끌었다.

"저 새끼도 잡아!"

부채주가 이를 으드득 갈았다.

"히, 힉!"

자신이 지목을 당하자 제갈승계가 얼른 숨었다.

"참나, 지 장기를 쓸 때랑은 천지 차이라니까!"

주서천이 헛웃음을 흘리며 뛰쳐나갔다.

등 뒤에서 비명이 들려온다. 머리를 돌려 슬쩍 확인해 보니 난장판인 산채 내부가 그대로 보였다.

"끄응!"

속이 바싹바싹 타들어 가니 신음이 절로 나왔다.

맹강은 고개를 원래 위치로 되돌리며 성을 냈다.

"도대체 뭔 속셈이냐, 이 개새끼들아!"

정문의 외벽이 돌파된 지 일다경 정도가 지났다. 그럼에도 불구하고 후문은 아직 싸움도 시작 안 했다.

아직까지도 신원을 알 수 없는 이백여 명이 제자리에서 꼼짝도 하지 않는다.

발등에 불이 떨어지긴 했는데, 그다지 뜨겁지는 않았다. 그러나 문제는 진위 여부를 알 수 없었다.

가짜라면 지나치면 그만인데, 만약 진짜일 경우 몸으로 번진다.

"……."

아래에 모인 이백여 명은 처음을 제외하곤 아무 말도 하지 않고 그저 위를 쳐다보기만 했다.

각자 병장기를 들고 있기는 한데, 움직일 생각을 하지 않는다.

저것들을 무시하고 돌아갈까 싶었지만 만약 그게 함정이라면, 뒤를 내주는 것이 되어 버린다.

"어디, 이걸 맞고도 가만히 있나 보자!"

맹강이 옆에 선 수하가 쥔 손도끼를 빼앗아 힘껏 던졌다.

휘리릭!

손도끼가 화려하게 회전하면서 아래를 향해 날아갔다. 내공을 불어 넣은 만큼 위력도 상당하다.

"쯧!"

중년인이 혀를 차면서 앞으로 나섰다. 그 머리 위로 맹강이 던진 손도끼가 쪼갤 기세로 날아왔다.

"하앗!"

짧은 기합.

쐐액!

검이 하단에서 상단으로 수직선을 긋는다.

채—앵!

나쁘지 않은 솜씨다. 그러나 천하백대고수의 내공을 실은 손도끼의 위력도 보통이 아니었다.

"큭!"

손도끼를 가까스로 막아 내긴 했지만, 부딪침과 동시 무식한 공력이 내부를 강하게 흔들었다.

잘 보면 지면을 밟고 있던 자리도 뒤쪽으로 약간씩 밀려났다.

"이, 개 같은……!"

아래가 아니다. 위에서 욕이 들려왔다. 머리를 드니 얼굴이 걸레짝처럼 일그러진 맹강이 보였다.

"진법!"

중년인이 움직인 순간, 아래의 풍경이 변했다.

한 사람이 아니라 여러 사람이 동시에 움직였다.

아니, 여러 사람처럼 보였다고 하는 게 맞았다.

본체를 거울처럼 비추는 환상이었다.

하나가 움직이자 연결된 여러 명이 움직였고 손도끼 대신 앞에 사람, 허상을 베어 형체를 지웠다.

"여기까지네요."

소속 불명의 토벌대에서 미성(美聲)이 울렸다.

"제갈, 세가아아⋯⋯!"

맹강이 그제야 속았다는 걸 깨달았다.

"수란 아가씨, 어떻게 할까요?"

손도끼를 막아 낸 중년인이 등을 돌렸다.

그 시선 끝에는 훗날 모사미봉이라 불릴 제갈수란이 서 있었다.

〈다음 권에 계속〉